AF236521

Dominik Riedo

Bibberland, Zeitgeistangst
oder
Die letzten Minuten der Menschheit

Tiraden und Eskapaden eines
Klartext brillenden Human-o-pathen und Un-Menschen

Klaus Isele Editor

Dieses Buch erscheint bei KLAUS ISELE · EDITOR

Alle Rechte vorbehalten © Eggingen, 2021

www.klausisele.de

Herstellung und Verlag:
BoD – Books on Demand, Norderstedt
ISBN 978-3-7534-6035-2

oder
Appell-Werk als Prozess

auch
Ein(Mann-)Sprechtheater
Pro mundo, pro Helvetia* und pro domo

dazu
Eine kulturelle Entblödung, wirksam gegen Mord-
Industrie, Amok-Wirtschaft und Ökonomie-Faschismus**
beziehungsweise ReGIERungskriminalität

sowie
Duckebürgers Ja-und-Amen

weiter
Eine Medizin gegen nationale Ängst/Engstirnigkeit,
private Profitneurose und geistige Intoleranz

aber auch
Eine Ent-Täuschung
Münder öffnend
Für K(r)opfstimmen und Schwanzquerschläger

* K(r)opfnoten-Schleim: Dieses Stück Eigen-Denk hat 2013 keine För-
derung der Pro He/öl(l)vetia, der Schweizer Ku/il(l)turstiftung, erhalten.
PENG!

** «Gegen Amok-Wirtschaft und Ökonomie-Faschismus! / Für einen
grünen Hedonismus, nachhaltiges Lebensvergnügen, artenreiche Lust-
barkeiten und eine Kunst des Hierseins», lautete einst meine Parole für
die Grünen des Kantons Luzern. Und atmete Uwe Dick, Berta von Sutt-
ner und überhaupt. Dennoch ist sie un/mgeschrieben als Schweizer. In
eine Non(sense)Struktur leitmotivischer Verflechtungen als kompositori-
sches Prinzip.

als GastSTAR ein
Pick-Grund-Chor aus der Weltliteratur als Nachhall

endlich auch der Bellfehl
Rideaux: auf!

Schritt eins

«Wie begegnet der Schriftsteller
der Dummheit seines Zeitalters?»

Julian Barnes

Wann kommt die Zeit der alten Lieder? Wann darf ich dem lauschenden Höhererinnernkreis die Anickdoten vom Leben erzählen? Wann kann mein V endlich ein flügelschlagender Vogel sein, während andere Buchstäbchen durch den Blätterwald rauschen?

Erst musst du den Feuervogel sehen, den FürNix aus dem Feuer. Das Spiel, das Spiel, das tanzende Ziel ... Also, wohl an ... Wann?

Sobald ein Baum mir Papier gegeben. Sobald ich als Gegenzug einen Baum an seiner statt habe pflanzen lassen. Wohlan also, wohl an ... wen?

Im Namen der menschenewigen Wässerwasser der Pfatter – nahe des nassen *Limes*, der symbolisch stehen mag als Grenzziehung gegen die Barbaren von heute und morgen (wer nicht differenziert denken kann, bleibe draussen) –, des schnurrschnurrstracksigen Pfutterers – teilweise mein *alter ego* – und der himmlischen Wolke sieben aller Bücherwelten, flutsche ich so mehr oder minder freitmig[1] aus meinem dunkelen Bett der Nacht, setze mich auf und schwanke ins Arbeitszimmer. Und es hat mich also wieder. Hier. Und jetzt.

Mache ich das gerne? Wär ich nicht lieber an den spielenden Wasserwässern, das Grau der tanzenden Steine in

---

[1] K(r)opfnoten-Schleim: Schopenhauer, der Gassenhauer unter den Philosophen, lässt mich ungegrüsst. ☹

den Augen und die singenden Vögel im Ohr? Mit den Füssen im Sand und Tau auf der Zunge. – Stattdessen setze ich mich an den Schreibtisch und beginne zu … ja, was? Was denn? … Jammern? Schimpfen? Toben? … Zu: fluchen?!

Hm, zuerst ein Löffelchen Wasser für meine Pflanze.

Nein, ich beginne … zu spielen. Denn selber nicht in einem Stadium steckengeblieben, in dem man Geld und Besitz, also Geldi-Geldi, anhortet wie früher Kot[2] – alles muss ihnen gehören, alles alles Geldi-Geldi –, sondern durchaus fähig, dem an sich ziellosen Leben eine Richtung zu weisen, was mir am Ende ein Ende ohne Reue erleichtern mag, spiele ich schreibend.

In diesem Spiel aber darf ich pfuttern und ich darf auch helfen. Und ich darf Luftsterne sehen.

Denn es gibt in meinem Leben – oh Du meine Muse im weissen Hallkonstrukt der *Littera dure*, sei mir hold – drei wichtige GRÜNde, warum ich schreibe (knapp gefasst):

a) Weil es eine meiner Lieblingstätigkeiten ist (also Spiel für mich), eine Beschäftigung, die zudem niemandem zwingend schadet. Hier gehört dazu das schöne Kitzeln des etwa von Peter Rühmkorf gelobten Sinnesorgans für Reim und Klänge, Rhythmen und Muster.

Ich mache das also ebensogerne wie in der Sonne spazieren, Katzen streicheln, Velofahren mit Wind im Rücken, beim Spazieren mit den Füssen im Laub rascheln undsoweiterundweiter.

---

[2] EXGÜSI: Ich wollte an sich nicht unbedingt Ex-Crème-ende und Fuck-alien (Aus Länder-Literatur? JAAAH! Das Aus für Literatur, die nach Ländern sortiert wird; wir sind alle auf der Erde zuhause – noch) erwähnen, sonst rotiert Emil Staiger in seinem Sarg-o-fuck bis in alle Endlichkeiten …

b) Weil ich anderen (ja, auch und gerade Tieren) damit sehr direkt zu helfen versuche: Wenn mein Protestbrief betreffs Tierquälerei eines Bauern Wirkung zeigt, weil der Kantonstierarzt wenigstens mal genauer hinschaut…; wenn ich als Präsident des DeutschSchweizer PEN Zentrums einer türkischen Schriftstellerin helfen konnte, indem ich mit dafür sorgte, dass sie nicht in die Türkei zurück musste, wo ihr in dem Fall ein falscher Prozess gemacht worden wäre…; wenn ich durch Leserbriefe oder durch Schriften wie diese einigen Mitmenschen den Feuervogel werde zeigen können, der ihnen aus dem Herz schlüpft,[3] durchs Feuer und in den Himmel… – dann lohnt sich das, entlöhnt mich das.

Als wäre es eine Anti-Salbung eines anderen wie diese: «Schön brav zahlt man für den Flug Basel–Berlin retour zwölf Schweizerfranken an eine Firma namens MyClimate und hat damit sein CO_2 ‹kompensiert›. Das Geld wandert zum Beispiel in ein Projekt in Madagaskar ‹zur Produktion und Verteilung von Solarkochern›. Damit wird das während des Berlin-Fluges ausgestossene CO_2 angeblich neutralisiert: Die Madegassen kochen nun nämlich für uns solar, damit wir weiterhin zum Weekendshopping fliegen können.»[4] – Von wem das stammt? Von mir, natürlich. Dem Fürtschiep-tschiep meines Herzens.

c) Weil ich damit für mich und auch für Leser von *Zeit zu Zeit* die Zeit überspringe, sie dehne oder kürze, ins Ewige verlängere oder das alles auch nur versuchsweise versuche, eine Abcde-rotic (eine UNrechts-Schrei-

---

[3] Das wachgerufene Gefühl als ein Moment der Erkenntnis (ja, Fiktion als Erkenntnis-Instrument).
[4] Umgekehrt auch: Vom Dezember bis März (2014/2015) landen jedes Wochenende über 120 Easyjet-Maschinen mit britischen Skitouristen in Genf.

bung), wo man sich neue Welten ausdenkt, alternative Sterne und ...[5] (also Spiel um des Spieles willen ...)

Was? ... Wegen des Geldes?! Pah, da hätte ich Leerer bleiben mögen: der Klasse erzählen, was die Klasse richtet und was sie immer mehr sowieso auch hören wollen. Man unterstützt sich gegenseitig. In ein Leben voll Leere.

Dabei leben wir. In einem Universum, in dem irgendwann nichts mehr so sein wird, wie es ist und war. Was also hindert uns, uns an dem zu freuen, was uns Freude macht? ... – Zu einem grossen Teil: wir selbst. Oder, was fast alle Tiere betrifft ..., wieder: wir.

Zu pädagooglisch?

Das Schöne ist, wenn Ihnen etwas zu langweilig wird, zu lange her wird: Man kann nachschlagen (die Wiederholbarkeit des Kunstgenusses) oder überspringen (etwa zu: ⓘ).

Denn hier kommt jetzt so die Zeit der alten Lieder wieder:

Alles, was ich möchte, ist, ein einigermassen leidarmes, ungehetztes und nicht zu aufwendiges Leben führen zu können, was doch nicht zu viel verlangt sein kann, wenn man bedenkt, in was für paradiesischen Zuständen zu leben sich die meisten Menschen erträumen und einige auch schon annähernd zu leben glauben.

---

[5] Oder wie ich es als Präsident des DeutschSchweizer PEN Zentrums einmal formuliert habe: «Diese Welt, so wie sie ist – und egal, wie sie entstand –, ist schlecht. Da gibt es grössere Geister als mich, die das gewissermassen belegt haben. Als Schriftsteller gibt es für mich deshalb zwei Möglichkeiten, hier ein kleines bisschen abzuhelfen: Entweder indem ich durch Literatur Gegenwelten schaffe, die anders sind, durchdachter als die sogenannt reale Welt; oder indem ich mich mit meinen Kenntnissen und Fähigkeiten ganz direkt für und bei Menschen da einsetze, wo mein Einsatz etwas bringen kann punkto realer Verbesserung der Lage auf der Welt – : indem ich mich im PEN für die unabdingbare Möglichkeit zur freien Meinungsäusserung einsetze.»

Und deshalb dieses Buch, dass sich im Spiel freut, im Schmerz manchmal windet, das möchte, dass wir uns nicht gegenseitig das Leben so schwer machen, das vielleicht aufrütteln kann, aber auch jene trösten will, die im Gleichen Kraft und Zuspruch finden wie ich: in der Ruhe, mit Katzen (Tieren allgemein), durch Spazieren und das Lesen von guter Literatur. Mehr wäre anzufügen. Aber wichtig bleibt: andere nach Möglichkeit nicht zu schädigen. Also Vegetarier (oder Veganer, oder …) sein, keinen Militärdienst leisten, kein Auto besitzen, keine Kirche unterstützen, keinen Krach machen … (siehe auch meine «Poetik des Möglichen [zur Verbesserung der Welt]», unter ⟩|

Ob ich mir – ohne die Last des Schreibens – nicht ein anderes Leben wünschte? … Ich wollte mal Büstenhalter designen: hübsche Muster in ganz andere Bedeutungen überführen, ein Schreiben auf den Insignien der Lebenslust, der Lendenlust, des Spiels im Spiel … Aber ich würde es doch nur schwer haben. Als Schrift-Steller, als grosser Gaukler, kann ich mehr …

… Ich will für den Leser, die Leserin abtauchen zu den Quellklüften der Sprache, Salz schwitzend emporsteigen die künstlichen Berge, meine Dämpfe loszuwerden im mystischen Buchstabensuppensee – und schmück Dich dann, Frau Welt, anmutig und aufmüpfig. Also, Kopf hoch, liebe Sonne, es gibt ja noch viele unter Dir …

Viele Aussteiger? Jaaah, Aussteiger, viele Aussteiger, vor allem aus einem Mercedes. Wo sie dann einen Wohnwagen dranhängen und Luft schmutzigfahren. Aus ihrem Orson Welles'schen Kuckuckshürchen von einem Dörfchen. In den grossen weiten Sand im Geld … in den grossen weiten …

Die Muse: Das kannst du doch jetzt so nicht machen!
Ich: Ich tue, was ich tun muss. Ich kann nicht auf Erfolg und Zufriedenheit der breiten Masse Mensch schreiben. Nur mir selbst genügen oder nicht.

Das habe nichts zu tun mit dem Stimme-Sein für mehr Lebensfreude, mehr Diesseits, mehr wahren Genuss? Jaaah, ich will Euch am SchlaFITtchen packen, aufwecken die Recken, deren eigener Motz-Faktor zwar immer sehr hoch ist, bei den anderen aber immer nur zwei-Finger-hoch erträgt. Nehmt es![6] …

… Bemerkt doch endlich die Härte unserer bisherigen oder neuen ‹Heimat›, die Härte der GLOCKENZONE – die SCHELLE:

Im Überglockenheim Europa (das Abendland oder Ochsident): Es dröhnt und tobt im Kopf. Auf den obersten Gipfeln herrscht keine Ruh. Die Pyramide ist auch für Schellenursli spitz. Denken die Schelme von Schengen. Besser als die Bengel von Bern. Lachkabinett. Spottdrosseln ade. Sie sekten sich zu, das ist alles. Ampelmännchenmodus oder Hakenkreuzfigur, alles ein Jesusallerlei. Auch Flurina hängt ihr Herz ans Kreuz. Sie glaubt an den sonnenweichen Schnee, nicht an Stifters Eishölle. Halt wie Ursli: Die Schelle als Denksackgasse: Wie soll der Ton oben raus? Alles, was er will, ist in seines Vaters Maiensäss: Hat aber den Schlüssel des Vaters nicht. Oh weh, der steckt sonstwo, denkt Mama. Alles ein Konstrukt der Kleinfamiliärenzelle, Obsession des Wirtschaftswunderlandes. Nur die Bauern halten sich noch für Neandertaler. Taler, Taler, du musst reiten, spricht

---

[6] EXGÜSI: Das ist kein richtiger Befehl, nur ein Angebot, weiterzulesen, weiterzuspielen, vielleicht Bellfehl an die eigene Lust.

das Dornrösschen. Und die Mutter wird im Traum zum Berg. Wie kann da Ursli ausbüchsen zur Dorfdisko? Aber zum Glück hat er ja seine eigene Schellenparty.

Alles zu schnell? Spiel nur, ohne Bedeutung? Ohne System? Bitte, das folgt:

Die Hauptfrage für den Leser, den menschlichen Leser, ist, um es doppelpunktgenau zu fragen: Wie gehören WIR MENSCHEN in die Welt? Denn ‹Menschsein›, das, was den Menschen in seinem Wesen ausmacht und seine Würde oder Unwürde (im KonTEXT mit der Welt) begründet, liegt nicht in ihm als Ur-Sünde oder Ur-Recht; ich bin nicht der Überzeugung von Hobbes, dass der Mensch von Natur aus schlecht ist; aber ich bin auch nicht der Meinung von Rousseau, dass er von der Zivilisation verdorben ist; es gibt keinen Menschen vor der Gesellschaft; der Mensch ist ein soziales Wesen. (Kaspar Hauser hat gezeigt, dass man nicht völlig zum Tier im positiven Sinn, aber als ‹unverdorben› auch nicht in die Zivilisation integriert werden kann; es blieb ihm nur die Flucht ins Xyz.) Wie also definieren wir uns? Oder anders gefragt: Was tun wir, uns zu definieren? –

– Was muss ich hören: Darauf käme es nicht an, der Mensch sei unvermeidlich gebaut, wie er gebaut ist? –

– Das wieder, ein altes Lied/Leid, kann nur ein Schöpfungsfuzzi schnäuzeln! Denn was wäre dann mit der Evolution, wenn wir nicht hätten ändern können, was wir änderten? … :

And no-one called us to the land / And no-one knows the wheres or whys / But something stirs and something tries / And starts to climb towards the light …

Und auf dem Boden, im Licht, höfentlich der Aufklärung, verkünde ich: Sogar das scheinbar Unvermeidliche will ich als (vielleicht doch) verhinderbares Menschenwerk wenigstens zu Bewusstsein bringen; mein Paradoxon aus Verhängnisglauben und Widerstandsgeist …

Denn *Widerstandsgeist*: Unsere Umwelt, die uns definiert, die wir definieren – ein änderbarer (änderbarbarer?) Zirkelschluss –, Umwelt also ist immer auch Effekt der gesellschaftlichen Prozesse. Und im Laufe unserer gesellschaftlichen Prozesse haben zumindest die Feinfühligen unter uns mitbekommen, dass im Dasein vielleicht vieles egal ist, sein kann und darf, aber dass Schmerz, die Pein, möglichst vermieden werden soll. Nicht nur für und bei uns, auch bei Tieren, auch bei … (was wissen wir noch nicht?)

Wir gehören, als uns selbst bewusste Wesen (oder gilt das nur für einige von uns?), die einiges wissen (aber vieles eben wohl *noch* nicht), auf die Seite jener, die nicht auch noch Schmerzen zufügen sollten: uns selbst, anderen Menschen, Tieren … Dass wir NICHT einfach so alles ändern sollen, weil wir eben gerade NICHT die Krone der Schöpfung sind, scheint mir logisch; aber wo wir ändern können, um weniger Schmerz zu bereiten, sollten wir nicht zurückstehen.

Oder umgegekehrt: Wo nach unserem Wissen immer noch verhinderbares Unrecht angetan wird, wem auch immer, sollten wir darauf aufmerksam machen: die Täter, die Opfer, die Zuschauer, die Blinden, die Abwesenden.

Denn es ist immer zu blödsinnig einfach, sich zu sagen: Das ist so erschaffen, das bleibt also so … blättert um, blättert weiter … Es braucht Mut, es braucht Kraft, einzugreifen, aber wir sollten es, wenn eine Ethik denkbar ist, doch tun.

Das einfache Schweizer Volk: Ethik? Das ganze Buch eine Ethik?

Ich: Vielleicht auch oft eine Art Anti-Ethik: Was man nicht tun soll oder besser nicht haben soll, was in dieser Gesellschaft falsch läuft.

Das einfache Schweizer Volk: Was denn?

Rapunzel in der Wüstenei: Ihr habt Fernsehen statt Weitblick!

Max Frisch: Aber die Aufklärung ist doch gescheitert, das Vóuch tanzt um das goldene Kalb, das goldene Kalb, das goldene FleischPfundsKalb.

Max Frisch, der II.: Im Haus der hundert Flaschen. Sie schwafeln von ‹halbvoll›, sie schwafeln von ‹halbleer›, die Stimmung ist wichtig, der Groove, der Vibe, auch im Bundeshaus, es ist ja der Tempel der hundert Flaschen. Dort köpfen sie noch Flaschen, saugen sie dann aus, machen sich auch über ihre Schwestern her, die grünen edlen. Und über den Nachschub brauchen sie sich keine Gedanken zu machen; noch immer bis jetzt war das Vóuch dumm genug, zu liefern, was jenen in den Mund floss. Hundert Flaschen, hundert Flaschen, reines Haus mit so viel Alkohol, was birgst Du in Dir alles? Spuck sie doch aus, diese Essigtabletten, irgendwohin. Und reinige Dich mit Frischluft, dann schliess das Haus für immer ab und lass die Denker Denker sein.

Ich: Die Aufklärung mag gescheitert sein. Aber gerade deswegen braucht das Vóuch eine Leitung, einen Hinweis von den *geschätzten* zehn Prozent der Menschen, die wirklich denken können. Und solche Texte wie hier, die sie aus Faulheit und Feigheit reissen können! Die zeigen, was Leben sein kann: *Die Vollzähligkeit der Sterne.* Denn unsere Gattung ist leider fähig, die Bedingungen der Möglichkeit von Natur überhaupt zu ändern. Erstmals können wir seit seiniger Zeit das Gesicht der Welt in kürzester Zeit auch für alle Mitwesen verändern. Zum Negativen. Aber es könnte auch zum LebensbeJAhenden geschehen. Oder hin zum Nichts. Und gerade deswegen darf Sprachbeobachtung, Sprachvivisierung nicht warten bis zur Dämmerung.

Oder anders gesagt: Es ist mir durchaus bewusst, dass ‹rationale Aufklärung› nicht geradewegs die unbewussten oder gar verleugneten Mechanismen auflösen kann, die in den meisten Menschen vorherrschen. Aber sie kann – gerade, wenn sie spielerisch und energisch daherkommt – im Vorbewusstsein gewisse Gegeninstanzen kräftigen und ein inneres Klima bereiten helfen, das irgendwann einmal auch äusserlich wirksam werden kann: affentheuerlich! GEGEN SCHMERZ, GEGEN PEIN!

Das sei nach heute verbreiteter Auffassung nicht ‹objektiv› oder ‹aperspektivisch›? – Aber können wir denn aperspektivisch leben? Kann ein Tier verstehen, dass es sterben muss, um hungrige Menschen zu ernähren? Nochmals … : Was wir verhindern sollten, weil es nicht nur bei uns gilt: Schmerz und Pein!

Wie? Was mich und die Theorie, durch Sprachanalyse und DaSeinsStärkung das wahrere Leben zu finden, von Religionen (und ihren Missionarren) unterscheidet, zumindest den meisten? – Dass ich meine Hoffnungen und Wünsche, dass ich Hilfe und Freude nicht in ein zu erreichendes Jenseits projiziere, sondern dass ich dazu aufrufe, hier zu leben, im Diesseits, und im Jetzt! Einander das Leben lebenswert zu machen.

Daher auch meine harte Forderung, die aber innerhalb meines Systems wie in der Denklogik der Religiösen (was an sich ein Widerspruch ist, ein ewiger), aufgeht: Weil Christen sowieso auf das Leben nach dem Tod warten, könnte man sie gut als Sklaven einsetzen für Diejenigen, die ans Diesseits glauben. Jene werden dann vielleicht schneller in ihren belobten Himmel kommen, *wir* aber, die Diesseitigen, können uns mehr auf das Schöne im Körper/Geist konzentrieren.

Doch die Realität ist leider nicht nur nicht so, es steht schlimmer noch ums Diesseits: Gerade die Religioten leben hier auf Erden, als gäbe es kein Morgen, als käme die Sintflut wirklich, in ein paar Tagen … Lasst uns diese Welt! Wir lassen euch gern jene nach dem Tod …

Sie aber, die immerdummen Anhänger jenseitiger Wunschprojektionen, die oft glauben, etwas Geldi-Geldi, was sie halt so sauer verdient haben, helfe dann, sich das Anrecht auf ein nettes Plätzchen drüben zu reservieren, sie, die als Geschäftsmännchen an die Devise glauben, wem das gewisse Etwas fehle, könne es später schon noch preiswert kaufen, sie also können uns nichts vormachen:

Nicht Flucht in Leben nach dem Tod predige ich, nicht Flucht in einen klebenslangen Traum, sondern Bücher, Texte können dabei helfen, die Sicht auf die Welt zu verändern, das Lesen, leben zu lernen – ein VersSchreibfehler schon lange …

Blätter, Blätter, hört sie rascheln: Was macht das Mäuschen im Laub? Der weise Witz schleust etwas Anarchie in die Welt.

Für Lea & Silvio

Bis dahin aber … JA, ja, surfe schadlos auf der Welt herum: Wandere nach Italien, pflück die Trauben direkt vom Weinstock, hilf dem Bauer dafür bei der Arbeit, dann geh weiter und klaub dir Nüsse vom Baum am Wegrand. Wein und Nüsse zur selben Zeit? Alle Tage sind schön, alle Tage machen erst ein ganzes Jahr; alles geht zusammen, in einem Leben ohne absichtlich zugefügte Verletzungen. Ja, ist es nicht schön, einen Baum hochzuklettern und die Kirschen in die Schürze des Freundes zu werfen, der dort steht und MaDâme spielt?

Ist es nicht schön, in der Sonne zu liegen und sich wärmen zu lassen? Im Maggiatal von einem Felsen herab ins kalte Wasser zu springen? Ah, der erste Biss einer neuen Mahlzeit! Und das Schnurren von Katzen, das Plätschern des Regens, das Rauschen von Blättern im Wald, das wehende Haar und wie die eine Schweissperle den Rücken hinabrinnt. Das Schlafen an neuen Orten, drinnen, draussen, mit einem Menschen neben sich, der leise atmet.

Der Blick in ein Kaleidoskop, ein Rennen im Irrgarten, in Romoos die Kühe und Katzen beobachten, wie sie miteinander spielen. Das leise Kichern von versteckten Kindern. Der Sex mitten im Tag. (Oder auch und überhaupt: Onanie kann x Weltprobleme fortrubbeln …)

21

Oder versuchen Sie mal einfach irgendwo zu sitzen und sich das Gedankenspiel zu machen: Was könnte hier anders sein? Es beflügelt die Phantasie. Selbst wenn Sie es nur zwei Minuten täglich machen: Können Sie sich alternative Weltszenen vorstellen, die nicht nur *Ihre* Wünsche erfüllen? Eben: Was könnten wir tun, damit es niemandem schlecht geht?

Und ich berühre gerne Äste, Mauern, springe meinem Schatten hinterher.

Ah, und der sichtlich behinderte Mann, der bei ‹luzern bucht› 2013 nach einer Lesung allen Frauen die Hände küsste, weil sie dagewesen seien … Ach, die meisten liessen ihn kaum gewähren oder waren peinlich berührt … aber es zeigt doch Lebensfreude …

Haben Sie schon einmal versucht, ein Glas Wasser mit geschlossenen Augen zu füllen? Achten Sie auf den Ton des sich füllenden Glases: schön. Oder mit einem Freund ein Lied zu schreiben, für die Partnerin. Auch wenn es nichts wird: Das Herumprobieren und Ideen sammeln kann so Freude machen. Wie ein Stern am taghellen Himmel.

Ja, ja, das ist das Lied der Zufriedenheit: Ich strecke den Kopf ins Blau, eile von Blume zu Blume, deren Namen ich nicht weiss, aber die ich liebe. Ihr fresst den Sauerteig der Büros, ich den erträumten Schmelz von zuckerdicken Torten. Und auch wenn meine Augen am Ende des Tages wie müde Fische im blauen Himmel schwimmen, spüren sie Freude, schwimmeln herum wie muntere junge Fischlein. Ah, der Himmel.

Die Vollzähligkeit der Sterne: In der Nacht strecke ich den Hintern manchmal übersturz in die Gestirne, schwimme spazierend in der Stadt mit dem Strom oder gegen den Strom, lasse mich treiben oder gleite dahin in

Gedanken. Auf den Stufen des Montmartre sitze ich mit einem Freund und schaue mir an, was die Verkäufer von jenseits der Sahara zum Verkauf anbieten. Fühle ich mich schuldig, dass sie diesen Job machen müssen?

Spiele das Spiel: Was kann ich ändern?

In Berlin stehe ich im Jahr 2000 oben am Ende der Rolltreppe und lasse die Menschen rechts und links von mir vorbeisausen: Ochlokinetik. Für ein Filmprojekt. Selten so gelacht wie an jenem Tag. Auf dem Karussell, drehend, wieder die Wolken lesend, die Kamera filmt.

Ja, so wandere ich durch die Welt, und die Jäger sind versteckt in den Hochsitzen; aus hinterhältigen Löchern zielen sie, wenn ich gehe im Feld. Doch was soll mich das kümmern, frage ich mich an glücklichen Tagen? Geht es mir nicht gut? Was soll ich mich um alle kümmern, was soll ich mich kümmern um Vergangenes … Aber wenn ich wieder das Funkeln der Sterne sehe, in der Nacht, bin ich verwirrt, weil heute ein Tag ist, der vor Tausenden von Jahren verging.

Dann träume ich wieder von der Achtigall, sie fliegt auf die Fresse und singt von der Ewigkeit.

Verletzungen werden zu Literatur.

Gepolter zu Stammtischsprüchen.

Ich, am neuen Tag, geniesse den Schatten neben mir beim Velofahren im Herbstessonnenschein. Er ist weiter weg, springt nah zu mir, wenn eine Mauer kommt, wieder weg, wieder nah …

Und ich denke an DICH, die DU getrunken hast bis zum Ins-Bett-Fallen, ich, Kammerherr DEINES Herzens.

Das einfache Schweizer Volk: Wann geht denn das endlich mal los?!

Ich: Früh genug, früh genug. Und schneller, als ihr denkt.
… Also, wohlan … BÜHNE FREI!

Hm, zuerst nochmals ein Löffelchen Wasser für meine Pflanze.

…

Leid-Motiv: Blechkisten
Leid-Motiv: Kirchen
Leid-Motiv: Tiere
Wissen Sie?
Wörterbuch des Dummmenschen
Kulturunförderung
Militär
???

AUF DER BÜHNE DES NARRATORIUMS, RIEDO IM LICHT

Grüess Euuuch-ch-ch-CH![7]

Ja, muss das so sein? ... : – ?

---

[7] Es wäre eigentlich am Anfang, *in itio,* zu sagen, dass alle hier genannten Tatbestände, sofern sie einem Rezipienten unbewusst sind, der auch eigenen Aufhellung durch eben jenen Rezipienten bedürfen, um überhaupt wahrgenommen zu werden; keine Änderung kann nur von aussen kommen, sonst wird sie unterdrückt. Aber manchmal rückt man wenigstens etwas ins Bewusstsein, wie ich oben schon erwähnt habe, und sei es nur, dass es eben Tatbestände gibt, die andere stören; und manchmal trifft man auch etwas in den Menschen, das Anstoss gesucht hat. Zudem wäre Zwang in einigen Dingen doch in Ordnung ... Zudem versetzen hier Fussnoten auch Fusstritte!

Ech hie, Ehr det?
Ech ellei. Ehr veli?

Ich oben, Ihr unten
Ich auf der Bühne allem ausgesetzt, Ihr unten im Halb-
dunkel?
Ich im Licht, Ihr im Schatten?

Ihr Schattenwesen …

Schatten – die nicht leben mehr
Nichts spüren
Sich nur noch ans Letzte erinnern, knapp
Die Beerdigung
Und also an den Lebenslauf, alles hübsch zusammenge-
fasst, das ganze Leben …
Und trotzdem würde es bei den meisten eigentlich nur
zum Vierzeiler reichen, wäre man ehrlich:
Geboren
Hat gelebt
Hat Idiotien begangen
Ist gestorben

Warum das so ist, mit den nur vier Zeilen?

Na, sagen Euch dies auch Eure Freunde? – Hm? … – Ne!
Denn sind wir ehrlich: Nicht mal Eure Feinde sagen es
Euch, jene Feinde, die doch wie Ehr nur nach dem – – –
aber dazu später.
     Und deshalb geh ich es mit euch durch, geht es mit
mir durch, geht es durch und durch und durch und …

Stopp!
Es ist, es isst der Anfang –
Schon an der Mutterbrust …
Am Ende – PENG!
Am Ende steht die Geburt des eigenen Kindes: Man gibt
sich auf, setzt alles auf ein neues Leben, in dem dann alles besser werden soll. Und man schaut dann doch so wenig, dass es besser wird, für das Kind, wie wenn da keines
wäre. Ein doppeltes Versagen.

Deshalb, deshalb wollen wir doch zurück, wollen wir vorwärts, vorwärts zum … PENG!

Am Anfang steht das Leben. Das pralle. Das volle. Alles,
was man will. Und man will alles. Jetzt. Hier. Sofort. Alles will man. Umweltverschmutzung: Trifft mich doch
nicht! Ich bin gesund. Also das volle Leben. Und also viel
unternehmen. Viel tun. Viel konsumieren (Kaufbolde!).
Viel fressen, viel fräsen, viel scheissen, viel …

Das sieht auch die Regierung so. Auch hier: Gebt, gebt,
dann merken sie nicht, was geht. Und wir haben einen
Bierkultur-Minister,[8] einen Wurstkultur-Minister, einen
– Sie heissen nur noch nicht so.
Wurst? Ja. Denn:
Heimat? – : Iss Wurstologisch: St. Galler Bratwurst,
Salsiz, Appenzeller Pantli, Berner Wurst, Basler Rhein-
wurst, Züri-Gschnetzlets in Wurstform … isst eh alles

---

[8] «Die Aussenminister kamen in einer zweistündigen Besprechung zu
einem vorläufigen Ergebnis›, drei trugen Cutaway, einer einen Burnus.»
Aus ‹20 Minuten›? Nein, von Gottfried Benn. Was damals für das Durch-
schauen dieses miesen Geschäfts galt, gilt auch heute noch: Phrasen, schlechte Laune, aber immer gut angezogen.

Wurst, Hauptsache: Wurst! Wurstmenschen allen Örtchens; wo sie's meist haufenweise rauspressen. Arme Würstchen![9] Müssen ihr Selbstbewurstsein aufbauen: Vereinzelt erbärmlich, paarig oft schon erfrecht, in Massen jedoch eine bedrohliche Naturgewalt: Wwwia sind Wwwia(schtl …), nichts geht über uns!!! – – – Alle kriegen ihr Fett – buchstäblich; und alles andere ist ihnen genauso Wurscht. Ist ihnen bloss das kleine bisschen Abrieb, Feinstaub. Aus dem Staub. Machen sie sich, wenn mal was passiert. Die Kleinen und die Minister.

Auch der, auch der – – – :

Kultur, Killtour-Minister, genau. Ging ich. Ging's mit mir durch. Ging ich … Fuhr ich … Mit dem Motorrad nach Bern. Das Mittelalter aufleben zu lassen. Aber damit ist es vorbei. Und ich ging nicht jeden Tag wie andere. Und die WOLLEN das machen, jeden Tag. Ich hatte von Romoos keine andere Wahl (aber ist das eine Ausrede? Nimm Dich bei der Nase, Riedo!). Wollte ich gehen … wollte ich …

Was, das Mittelalter ist vorbei? Denkste! Oder eben nicht. Denn noch heute werden auf den Strassen Europas tattätlich jeden Tag Tausende gerädert: zu Tode gefahren, zerquetscht, verschleudert, getötet, Knochen geknackt, grausam hingerichtet. Völlig ohne direkte Schuld! Tiere. Menschen. Was uns direkt fährt (sic!) zum …

[9] Wie die abgehalfterte Schweizer Cervelat-Prominenz, die versucht, sich durch Auftritte an Festen durchzuwursteln.

«Brumm-Brumm». Ein Hass-Kapitel

Wo ein Wort, ein Satz – : Aus Cheffren steigt erkennates Leben, jäher Sinn:

Die kühne Vision der Kulturschaffenden fehle heutzutage, es fehle der grosse gesellschaftliche Gegenentwurf…! Ja, wie wär es denn mit einem Auto-Verbot in allen Städten? Menschen würden ruhiger, Menschen würden wieder eher da wohnen, wo sie eine Arbeit haben, die dumme totale Mobilität würde als Ganzes überdacht, die Umwelt atmete auf, der Lärm wäre um vieles kleiner, es gäbe weniger Tote, weniger Schmerz, es befänden sich nur Fahrräder und Fussgänger und die notwendigsten motorisierten Vehikel auf den Strassen … – aber: Wer will denn das schon? Diesen ‹grossen› gesellschaftlichen Gegenentwurf?

Hier habt ihr ihn, den dringend notwendigen Zusatz zu Artikel 129 StGB ‹Gefährdung des Lebens› / «Wer privat ein Auto fährt und damit Mitmenschen und Tiere

[10] … Und das in meiner Zunft! ⚡

29

in skrupelloser Weise in unmittelbare Lebensgefahr bringt, erfüllt bereits den obgenannten Tatbestand.»[11] PENG!

Denn längst sind die Blocher, ist das Blochen, eine gesellschaftlich anerkannte Sucht, ein Schrottesdienst von Autonixbahn zu Autonixbahn. Minnesänger würden heutzutage wegen Nachtruhestörung verhaftet, doch die Stahlsärge krachen die ganze Nacht durch mit höherer, mit höchster Dezibel-Zahl. ‹Flüsterbelag› – : hah, ein Witz das! Als würde man daneben ein anderes Flüstern noch hören, zwei Meter weg vom Mund des Flüsternden.

Aber: Wer konsequent ökologisch leben will in unserer unökologischen Gesellschaft, der droht zum Klima-Clown zu werden.[12] Die Mehrheit sieht sich dann bestätigt:[13] Ein emissionsfreies oder nachhaltiges Leben ist was für Spinner. Beruhigt lehnt man sich im Autositz zurück und drückt das Gaspedal durch.

Zum Beispiel um einen Radfahrer totzukarren, 2006, in Reussbühl. Weil der rechte Rückspiegel gestreift wurde, sah der Blocher rot, wurde zum Stiermenschen[14] (vollständig geladen), zur Tötungsmaschine in der Maschine. Drehte durch, drückte durch, das Gaspedal, jagte die für Autos verbotene Strasse hoch hinter dem Fahrradfahrer her, bis er ihn erreicht hatte, um … um … um nochmals Gas zu geben, voll durchzudrücken. Er, also ich, konnte

[11] Dabei sind bei Autos selbst Diktaturen machtlos: Hitler wollte, dass alle führenden Parteimitglieder der NSDAP Mercedes fahren wie er selbst auch. Er konnte diesen Anspruch aber – im Gegensatz zu vielen anderen – nicht durchsetzen. Doch der Politiker, der jedem Menschen sein Auto verspricht, ist, wenn ihm die Masse Glauben schenkt, der Mann der Masse.
[12] Im Motorenlärm, dem Kollektiv der Lacher, dem klappernden Zweck.
[13] Der Schweizer will bestätigt sein, gäll? Odr?
[14] Liebe Stiere: ‹Stier› steht hier für den Stiernacken dieser kleinhirnigen Untiere, mino-tauren. Sie meinen nicht einen Stier, das Tier.

gerade noch abspringen, mich retten … mich umsehen, die zwei Zeugen herrufen, die Polizei rufen, die die … die meinte, so schlimm sei das doch nicht. Es sei ja gar nichts passiert. Und das Velo könne man ja auch noch gradbiegen. Aber den Rückspiegel beim Auto haben sie auf Schäden untersucht.[15] Und glaubten mir erst, als sie hörten, ich sei Lehrer. Die Visage hat den Test nicht bestanden. Ihren. Die Irren. Die irrten. Denn am Ende, am Ende rieten sie mir, keine Anzeige zu machen. Sonst wisse der Fahrer, wo ich wohne, und das könne gefährlich werden. Ja, was? Gefährlich war es ja schon. Und beschützen, das gaben die also zu, können sie Velofahrer vor dem Auto-Mob nicht! Am Ende, am Ende weigerten sie sich glatt, trotz Zeugen, trotz …

Ach, WISCH, weg!

Ein Einzelfall? Klar, einer der Tausenden, denen Velofahrer immer wieder ausgesetzt sind: Wie 2010, als ein 80-jähriger Autofahrer aus irgendeinem Grund plötzlich eine Vollbremse riss, ohne rechts vom Auto Platz zu lassen. Da gab es nichts anderes, als mit dem Velo voll hinten reinzuknallen. Er, ganz Geldi-Geldi-besessen, stieg aus, schaute mich nicht mal an, geschweige denn, dass er fragte, ob mir etwas passiert sei, schaute sich die Rückseite seiner Todesmaschine an, ob sie nicht eine Beule abbekommen habe. Hatte sie – nebenbei – natürlich nicht. Aber diese Gesinnung, diese Gesinnung …

Und dann die erstaunte Frage eines Zuhörers bei der öffentlichen Lesung: «Ja können sie denn hellsehen?! Mir ist genau dasselbe zugestossen, letzthin.»

---

[15] Man stelle sich das vor: Da begeht einer versuchte fahrlässige Tötung, und die schauen, ob der Rückspiegel einen Kratzer abbekommen hat!

31

Es ist doch immer und immer und überall dasselbe. Die Glotze (deshalb das sture Gerade-nach-vorne-Schauen) und das Auto haben die Welt erobert. Der Gedanke, ohne zu sein, lässt sie Benzin schwitzen. Lieber machen sie weiter mit der Vollteer- und NixFeder-Methode gegen Empfindsame, gegen all die, die das Leben wirklich lieben.

Sie, die todsicheren Todbringer, reden über die Handys am Ohr, während des Fahrens, versteht sich, vom ‹Sonne-Tanken›, von den Orten, wohin man als In-Mensch noch rasch brausen muss. Überall müssen sie nur noch rasch hin: Ihre Geh-hin-Tumore müssen für einen Psychologen interrasant sein. Oder überspezschniell?!

Oder warum handeln sie immer wieder so, wie sie handeln? Wie im dritten Fall, der mir selbst angetan wurde: 2012 in Bern, dichter Schneefall, bei einer Linkskurve überschätzt sich einer im viel zu rasch fahrenden Auto so, dass er rechts ausbricht, wo der Velostreifen ist. Er wäre genau in mich gerast, wenn da nicht eine dicke Schneemauer vom Strassenpflügen gewesen wäre, die man wenig später, als man auch für die Velowege Zeit hatte, wegräumte …

Kein Wunder, reichte es dann – endlich: Nach 37 Jahren im Verkehr wurde ich 2020 im Juli angefahren, als 46-Jähriger, am Schwanenplatz in Luzern, weil der oder die Autofahrer/in mir nicht genug Platz liess, mit dem Rückspiegel mich streifte, mich fallen liess, fallen – und ich weg war. Er oder sie auch. Und hätte ich nicht eine ganze Familie gehabt, die es beobachtet hätte, verwundert, hätte mir die Polizei nicht geglaubt! Sie mussten

– alle, zu viert – zur Zeugenaussage auf den Polizeiposten kommen. Dennoch, «wissen Sie, ist es schwierig, da was herauszufinden, nur mit der Farbe des Autos, der Marke und des Typs, plus der Angabe, dass es ein Auto aus Luzern war». Ja, ja, so ist es immer, zu viel der Mühe, einen potentiellen Töter zu fassen, der seine Maschine nicht mehr im Griff hat oder nicht im Griff haben will, sondern nur das Ste/auerrad, und wenn er/sie 90 wär …

Oder man schlage die Zeitung auf: Nach einem Streit mit einem anderen Automobilisten ist ein Autofahrer in Biel aus Wut aufs Trottoir gefahren und hat einen Unbeteiligten angefahren. Das Opfer musste ins Spital, der Lenker wurde *vorübergehend* festgenommen. (20 Minuten, 3. Oktober 2012)

Und da fragen sich noch einige, warum in Biel seit Jahren jemand Autos abfackelt?[16] Denn meist glauben einem das die, die einen dann doch anfahren, zuerst verbal, und später, falls es sein müsste – und es muss oft sein, da sie in Diskussionen sowieso den Kürzeren ziehen –, plötzlich doch auch mit dem Auto, zuerst nicht.

Wohl auch beim sechsten Fall nicht: Gian, der fast Radfahrer-Profi wurde, liegt 2012 blutüberströmt und mit mehrfachem Rippenbruch, einem Lungenriss und einem leichten Lungen(kollaps) sowie einem kaputten Handgelenk am Boden. Doch sah man das meiste davon nicht. «Nichts Arges», musste man denken, «nur gehen oder fahren kann er nicht mehr». Aber kein Autofahrer wollte ihn mitnehmen. «Er verblute doch den Sitz.» Oder wenn

---

[16] Oder warum selbst ich ab und zu mit dem Hämmerchen gerne Autos zurechtklöpfle …

er dann auf dem Rücksitz sterbe, meinte einer, gebe es so ein Riesentrara mit der Versicherung. So musste er ein Taxi rufen.

Das ist das vielberufene Füreinander in diesem Land.

Ja, sie schwatzen vom totalen Leben – und leben doch nur die völlige Vernichtsung. WISCH

Die Juden zu vergasen hat es im ‹Dritten Reich› nicht ganz gereicht... Nun, wir alle holen das nun für alle nach, geben Gas im Auto, mehr und mehr und ...

Ehrentitel? Ich wäre gerne Geheimrad! Anti-PeGASus!! (Gegen Gordon Pneus!)

WISCH

Und dann die verständlichen Träume: Die(se) Autofahrer, diese... man sollte sie an/durch ihre/n Abgase krepieren lassen, sie zwischen ihren Stossstangen zermanschen, unter ihren Rädern zermusen. Ja, man sollte sie wie in *ihren* Träumen auflösen in Schall und Rauch, in Ölspuren und Motorengeknatter (wer Profil hat, spurt nicht!). Denn: Ja, ihre, es sind ihre Abgase, ihre Stossstangen und Räder. So wie ja, wieder nach ihrer Formulierung, der Finger am Abzug töte, nicht die Waffe, so sind es auch ihre Abgase und Stossstangen und Räder ... nicht die der Autos, nicht die der ... WISCH

Beobachter 2003: Die CH gibt aus pro Jahr und Kopf: 530.- für Strassen, 240.- für die Bahn, 30.- für Veloprojekte! Aha. Peng!

34

Darf man Mörder Mörder nennen? Autofahrer! Sie meinen, es gäbe nicht so viele Verkehrstote? Aber all die Vergifteten, all jene, die am Stress, mitverursacht durch die hektische Lebensweise gerade der Autos, sterben?!

Gäbe es nicht ein Kriegsrecht, dann wären Menschen, die sich bewaffnen, auf andere losstürmen und töten, eigentlich Mörder im Sinne des Strafgesetzbuches.

Und gäbe es nicht die übliche Interpretation der Strassenverkehrsordnung, wären Autofahrer eigentlich regelmässig Totschläger.

Ihre Sprache wird sie kennzeichnen, mein lieber Kain, mein Kein, mein…

Normalerweise ist der Tod eines Soldaten kein sanftes Entschlafen, sondern eher ein Verrecken. Militaristen sprechen lieber von ‹gefallen›. Im Verkehr wird im hiesigen Sprachgebrauch auch nicht verreckt, sondern bloss ‹verunfallt›. WISCH

Diese Geschwindigkeitsdementen. WISCH

Woher das kommt? Ja, mei: Ein Blick auf die Schule, ein Blick auf die Lehrpläne der ‹gesinnungsbildenden Fächer› der Volksschulen und Gymnasien zeigt doch, wie sehr die dort herrschenden Gedanken die Gedanken der Herrschenden widerspiegeln. Und die Leererchen[17] den-

---

[17] Gegen den UNRAT der Schulen: Das soll kein Buch zur VerBildung sein. Deswegen widme ich ihr kein eigenes Kapitel. Zu sagen aber wäre immerhin, dass das Problem der Pädagogik wohl ist, dass die Sache, die man betreibt, auf die Rezipienten zugeschnitten wird, keine rein sachliche Arbeit um der Sache willen ist. Schon dadurch dürften die Schüler sich aber unbewusst betrogen fühlen. Natürlich geht es nicht, alles ‹learning by doing› zu tun; aber genau diese immanente Problematik sollte den Auszubildenden als Erstes und Wichtigstes gelehrt werden. Auch sollte man Steisstrommler vom Staatsdienst per sofort freistellen. / Weiter wäre

ken immer noch, sie erzögen die Schüler zum eigenstän-
digen Denken ... Aber man bleibt doch brav innerhalb
des Systems: Du sollst mal Geldi-Geldi verdienen; was
man hat, das hat man; das kannst du in deinem Lebens-
säcklein gut brauchen; immer brav strecken, wenn du was
sagen willst; nein, richtig ist das, was ich für richtig be-
finde.

Der Zivilisationsprozess, dessen Agenten die Lehrer
sind, läuft nicht zuletzt auf Nivellierung hinaus (siehe
Pink Floyds *We don't need no education* und die *politics
of information*). Kinder aber sind an sich nicht kompro-
missbereit. Das macht sie in gewissen Belangen so sym-
pathisch.

Aber der Staat,[18] der für Berufstöter von jeher ein Herz
und für Literatur kein Hirn hat, der nur gewerbliche und
turnerische Massstäbe gelten lässt, Militär und Wirtschaft, Krieg und Geld, der Staat, diese Exekutive der
Besitzenden, Gerechtigkeit, die erlobby mir, der Staat,
der das Bildungsmonopol hat, weshalb 80 Prozent der
Eidgenossen kein Buch lesen ... WISCH ... Ei, freilich,
da macht es dann auch nichts, wenn die Rede- und

das Problem den Lehrern ins Bewusstsein zu rücken, dass in der *imago* des
Lehrers die *déformation professionelle* geradezu die Definition des Berufes
selbst wird. Er hat ja Beispiele zu machen, die nicht immer der Realität
entsprechen können. Aber dessen soll er sich bewusst sein. Dazu dürfte er
den Schülern ruhig sagen, dass er weder asexuell ist noch immer absolut
gerecht sein kann – denn auch er ist ein Mensch. / Was die Schule – positiv gesprochen – lehren sollte: Temperament, Gesinnung, offene Subjek-
tivität und Mut zum Widerspruch. Kenntnisse als persönliche Bekennt-
nisse.
[18] Der Staat: Sind wir nicht alle der Staat? NEIN! Für den Staat als ab-
straktes Gebilde stehen Duckmäuschen, Schwänzcheneinzieher und Lücken-
füller. Mäuschen: No offense!

Schreibfreiheit wieder mal eingeschränkt wird, denn sie nutzen ja nicht einmal die Denkfreiheit.

Der Staat also, von links[19] nach rechts, eh nur eine Richtungsangabe für die Fahrenden, für die Fräsenden (voll Rodeoiden), für die Besitzenden, für …

Der Staat also und seine liebsten Bürger, die Patrioten, die PattRIOT, die … Dafür, dass die Patrioten vorgeben, ihr Land zu lieben, werfen sie mir ein bisschen zu viel Müll drauf. Atommüll. Benzin.

Ach, Zeiten zum Davonfahren. Auch vor sich selbst. Cara-kiri. «Jetzt wird wieder Gas gegeben.» (Werbung für den Autosalon[20] Genf)

Und dann, wenn ihre Hirnchen von den AbGASen vernebelt sind, merken sie nicht, wie strohdumm die Werbung selbst für sie daherkommt (vor die Windschutzscheibe): «Autosalon und Zubehör». Aha. Was soll denn das sein? Was kann man da kaufen? Zubehör zum Autosalon? Etwa grosstittige, blonde Mädchen, die sich auf brühwarme Motorhauben legen und ihre Beine spreizen?

Ach, weiche Birnen sind eben leicht zu beeindrucken …

WISCH

Aber statt sich über so etwas Gedanken zu machen, befahren sie lieber als Erster einen neuen Autobahnab-

[19] Ich: Links?! Ich bin gegen Familien- und Kinderzulagen. Und der ÖV soll gefördert werden? Ich bin gegen jedes Zuviel der Mobilität, die nicht im Kopf stattfindet.
[20] Carmageddon. (Pro Auto gibt es in der Schweiz zwei Parkplätze; ‹20 Minuten›, 25.3.2015)

schnitt. Oder kaufen, das Auto draussen auf dem über-
vollen Parkplatz, als erster im Super-duper-Media-Markt
ein. Wieso eigentlich? Wegen des Gefühls, etwas zu entjungfern?[21] Peng! WISCH

Alles muss möglichst wenig kosten.[22] «Wir wollen keine
Hochpreisinsel Schweiz!» Aber eine Hochlohninsel dann
schon, nehme ich an. Damit man billig in Deutschland
einkaufen kann, die Heuchler. Wo sie mit dem Auto hinbrausen. Und oft mehr an Benzingeld (nix Fersengeld!)
ausgeben, als sie bei den Einkäufen einsparen. Aber da,
beim Brumm-Brumm, darf's gern ein bisschen mehr sein.
PENG!

WISCH

Wow. Geiles Auto. Peng! Automobilmachung. Peng!
Rutschpartie auf Eis. Egal. Peng!

WISCH

Dabei würden sie klüger in Fahrkarten investieren. Nicht
in Zuschlägen. Gegen die Natur. PENG!

---

[21] Männer mögen es, Jungfrauen zu entjungfern (ei, das Blut, das Blut, das
tut gut!). Und im Schnee wollen sogar alle ihre Fussstapfen in den Schnee
drücken. Und unbekannte Inseln entdecken. Jungfernfahrt und Schiffs-
taufe. Aber wollen nicht auch Schriftsteller letztlich nichts anderes, als in
der Ewigkeit Spuren zu hinterlassen? Doch die Ewigkeit der meisten anderen geht halt ein bisschen weniger lang als die der Schreibenden; haben
die Schriftsteller doch auch andere Vorstellungen vom Vorausdenken als
die ‹Was-mach-ich-bloss-am-Wochenende-Leute›!
[22] «Ich bin doch nicht blöd! Sagenhaft günstige Elektronik, TV, Foto, Bü-
ro- und Haushaltsgeräte und vieles mehr.» PENG! M-Budget. PENG!
Coop: Qualité & prix. PENG! «Bei Denner kaufen alle günstig ein.» PENG!

Aber Natur, das ist doch, wo wir hinbrausen, um uns zu erholen, und dann zurückbrausen, mit Gehupe an jedem Ort, wo es nicht avanti geht.

Aber, Natur, gell, das sind doch auch wir, nicht wahr? Genau, sagt die Kirche. Nur sind wir mehr, viel mehr, die Obersten. Deshalb müssten wir auch klüger sein. Uns endlich weiterentwickeln. Die Tiere schützen. Nicht fressen.[23] Nicht züchten.

Aber weiterhin sehen Staat und Kirche und Schulbücher uns als Oberste, als Oberste in der Pyramide, mit kleinem spitzen Kopf, um oben, um das Nicht-Gehirn oben reinzuquetschen, zuoberst, wo es eng ist, wo …

Es bräuchte ein Schlag auf solche Köpfe, dass ihnen fliegt vom spitzen Kopf der Hut und es in allen Lüften hallt wie Geschrei. ZIEHT DEN HUT vor den Malochern. Und dankt endlich ab, ihr Schnorrer und Irren mit Eurem Dachschaden!

WISCH

Der Besitzesstand, also 90 Prozent aller Leute heute, ist vor allem für mehr Asphaltstrassen, weil dann die Pflastersteine sicher nicht mehr als Wurfgeschosse missbraucht werden können gegen Sicherheitskräfte. Die die Besitzenden schützen. Vor allem die, die viel besitzen.

WISCH

Jaja, Bund der Steuerzahler. Damit sie wieder Gas geben können, hinter den Steuer(n).

[23] Tiere brauchen Lebensraum. Nur der Mensch ist überall (s)esshaft.

WISCH

Fertigteilsprache. Wie bei den Autos. Den und den Spoiler muss man einfach haben: geil. Peng! So cool. Peng! Sind deine Scheinwerferchen noch in Ordnung? PENG! Meine Kupplung klempt ein bisschen. PENG! Däh esch düre be root! PENG! Hesch en Blächschade?![24] PENG! Fressen wie ein Mähdrescher. PENG! Hesch en Dachschade? PENG! Hey, Mann, ech lauf voll of de Fälge... PENG! Mein Blinkdarm ist nicht mehr ganz in Ordnung. PENG!

Da hilft ihnen nur noch ein OrGASmus: Peng! Eventuell mit Lara Gut, die am 10. Februar 2014 zu Protokoll gibt, dass sie in einem Ski-Rennen lieber ausscheide als «mit gezogener Handbremse» zu fahren.

Aber letztlich haben Sie schon ein bisschen Recht: Wer einen Dachschaden hat, der ist freilich offen fürs Höhere... Er sieht die Engel und G/Kot(t)flügel...

Aber neue Richtung, brumm: Es sollen, so sozial ist die Schweiz, es sollen also die Kranken mehr bezahlen bei der Krankenkasse als die Gesunden. Aber was ist mit den Autogeilen? Zahlen die auch nur annähernd, was sie alles anrichten? Ich meine hier nicht nach Statistiken des Staates, der ja eh das Meiste fälscht. Mit schönen Worten. PENG!

Wie etwa: ‹Bio Carwash›! Entlarvt doch all ihre Bio-Lügen, die nur sie selbst beruhigen sollen, ihr Gewisschen, ihr...

[24] Und in den USA heisst eine Autowerkstatt ‹Body-Shop› (sic!). Sie pflegen ihren Auto-Körper mehr als ihre Zähne.

Oder: ‹Brummi›. Auch so eine Beschönigung der Wortmafia: 40-Tonnen-Tötungsmaschine, Strassenkoloss, Lungenvergifter, Ruhetöter, Tierzerquetscher. Truckerschwärze rausrasselnd. (Und wenn sie betrunken sind, gibt's bei einem Totschlag Strafminderung.)

Wieviel Brumm braucht der Mensch? Wie viele Brummbeeren? Oh, ich bin ein ‹Audi-Maudi›. Als Kleber auf seinem Offroader. WISCH.

Oder natürlich ganz schön englisch: Trucks! Und so trucken sie sich auch aus: Deine Alte ist schwanger? Wohl zu spät gebremst, was? – Aber die Dummheit des Kindermachens *(make love – not babies)* gleichen sie dann immer öfter damit aus, dass sie eins überfahren. Beim Zuschnell-Fahren.

Ach, all die bösen Leutchen, die eher ein Tempolimit beim Denken (als wichtige ‹Denk-Bremse›) akzeptieren als bei den herumfräsenden Autos, den killenden Blechbüchsen.

Prost also, auf die Prallmacht des kategorischen Stümperativs. Und ihre Landeshymne: A Wing a Ding a Wumm kabumm a dumm so dumm

Kabumm tadumm tatüü tataa

Aber in der Kürze liegt die Würze. Sagen die Rezensenten. Ritzensenten. Räts em SennTenn. Plemmplemmsenten. Also, bitte, eine weitere Reduzierung der reduzierten Welt reduzierter Menschen:

Kleiner Roman Nummer 1: Nicht ohne mein Auto. Die Geschichte meines Lebens. Ein Unfall.

Man kann es aber auch anders sagen. So:

Art. 84 der Bundesverfassung, Alpenquerender Transitverkehr[*1]

[1] Der Bund schützt das Alpengebiet vor den negativen Auswirkungen des Transitverkehrs. Er begrenzt die Belastungen durch den Transitverkehr auf ein Mass, das für Menschen, Tiere und Pflanzen sowie ihre Lebensräume nicht schädlich ist. PENG!

[2] Der alpenquerende Gütertransitverkehr von Grenze zu Grenze erfolgt auf der Schiene. Der Bundesrat trifft die notwendigen Massnahmen. Ausnahmen sind nur zulässig, wenn sie unumgänglich sind. PENG!

[3] Die Transitstrassen-Kapazität im Alpengebiet darf nicht erhöht werden. PENG!

Jahaaa! Ja. Ha! Jeder Punkt ein Hohn!

Der Staat schreibt doch immer noch die besten Satiren. Wenn sie bloss nicht meistens tödlich ausgehen würden.

Wenn die ‹Überfremdungsinitiative› (‹Ausweisungsinitiative›; weisen Sie sich bitte aus: Wann ist Goethe geboren?) nicht hart umgesetzt wird, geben die falschen ‹Heimatliebenden› eine zweite Initiative ein. Was aber passiert bei der Alpeninitiative? Alles bleibt liegen.

Und dann wieder typisch, beim Interview. Bei der Podiumsdiskussion, auf der Strasse: «Was fällt Ihnen ein, Herr Riedo?» – Na, wenn ich Sie anschaue, wenig Schlaues. Sonst: Viel mehr als Ihnen. Deshalb brauch ich auch nicht alleweil rumfahren, Natur zerstören, nur damit man einen neuen Wanderweg hat, sich in der frischen Luft erholen, nicht wahr, aber natürlich, Entschuldigung:

pestilenzisch mit dem Auto hinfahren, gelt! Bauern bauen Skilifte, bauen Strassen – man will ja leben, gelt, nebst den drei Traktoren und dem vielen Land und den Direktzahlungen, ja, hätten's nicht zehn Kinder! – aber die Lifte machen dann das Land putt, da soll der Bund wieder tahlen. Oder das Militär.

WISCH

Immer Vollgas. Als gäb's im Leben überall eine Überholspur. Aber überholen, überholen, würde man besser mal ihr Hirn, das überüberüberhohle Unüberholte. In die/den Werkstaa/tt bringen, überholen lassen, überholen lassen, mit Wissen versorgen.

Etwa, dass Strassen und Parkplätze in einer Stadt üblicherweise 40% der Gesamtfläche ausmachen. Da rede ich gar nicht von Abgasen, von Unfallgefahr, von Egoismus. Da rede ich davon, dass eine Stadt ganz anders aussähe, wenn man nicht dem Moloch Auto so viel opfern würde. Da gäbe es Parks, da gäbe es Plätze, wo tatsächlich noch Platz ist für Fussgänger, für Radfahrer, für Kinder zum Spielen. Sie aber sind schon so weit: Hören Park, denken Platz.

Aber wir, nicht wahr!, haben ja ein ruhiges Gewissen: Denn Jahr für Jahr für Jährchen produziert ein Motor weniger CO_2 etc. Die Wissenschaft arbeitet, jaja, es geht vorwärts, bald wird das alles kein Problem mehr sein. Dass wir dafür Jahr für Jahr für Jährchen mehr fahren, was den technisch bedingten Vorteil für die Umwelt wieder wegschmelzen lässt wie die Gletscher in den Bergen, wird da nie gesagt (aber zum Glück hat ja jeder Schweizer einen Gletscher im Herzen.). Von einer Autolobby, zu der vom Hersteller über den Importeur und den Verkäufer beziehungsweise die Käufer alle dazugehören, der Bund sowieso. Da drehen wir lieber das Radio auf. Und was kommt?

Morgens, mittags, abends, nachts: Schubidubidu. Ego dumm, also brumm.

Ach, es ist so, PENG! Absurd. Dumm.

WISCH

Und, weh und ach: Fluch und Pech über alle, die nicht einen Wutanfall kriegten, als sie lasen, wie BP dem Kongress der USA drohten: Wenn ihr uns Steine in den Weg legt für Bewilligungen für neue Bohrplätze im Golf von Mexiko, werde das Geld wohl nicht reichen, um sämtliche Kosten der Ölkatastrophe zu übernehmen in ebenjenem Golf. Die haben wohl ein Gashole zu viel. Im Kopf.

Sowieso: Geheuchelt das Entsetzen derer, die nach der Ölkatastrophe im Golf von Mexiko nicht sofort das Auto einschrotten liessen. Einmal mehr: Man entsetzt sich über solche Unfälle, gibt aber selbst den Auftrag zu den Bohrungen durch steigenden Ölverbrauch. Jahaa! Das schmeckt, gelt, wie wenn Ihr Blindschleichen fressen müsstet.

Aber die Welt: Hat Autos, Autos noch und nöcher. Nöcher, nööcher, nöööcher. Noh nööööcher. He, Idiot zu nah, zu nah, zu nah! Tsunami. Tsunami! Wie ein Tsunami brecht ihr über die Velofahrer her, die Fussgänger, die …

Und ich, ich, Buhmann der Nation, werde dann gefragt, mit den unschuldsvollsten Mienen: Was kann man denn dagegen tun? Fragen Politiker. Fragen Wohlstandsmenschen. Man kann doch den Individualverkehr nicht einschränken?

Doch. Sehr wohl kann man. Denn erstens geht das bei anderen Dingen auch. Und zweitens braucht der Schnittdummdepp da eben ein Verbot, sonst hört er nie auf. Autos sollten nurmehr an Berechtigte verkauft werden. Sie töten in der sCHweiz ja auch mehr als Waffen. Direkt. Und indirekt über Abgase sowieso. Aber das hatten wir ja schon. Wie die Abgase. Die Abgase. Die Gase. Ab. Peng!

WISCH

Und die Autoindustrie, die automatisch produziert, immer mehr, und immer mehr gar nicht mehr weiss, für wen eigentlich, machen wir doch längst weltweit alles kaputt, die Autoindustrie prahlt herum, man wolle neue Akzente setzen, bei Grün. Ja, wohl beim Leuchtlämpchen der elektronischen Anzeige, das grün leuchtet, wenn man nur 8 Liter statt 12 Liter verbraucht. Oh! Ganz, gaaaanz toll!

WISCH

Und: Ein eigener Weg sei nicht möglich? Ja sind wir denn in einem Zug mit fest verlegten Gleisen? Beim Auto kauft Ihr Euch auch Off-Roader, damit Ihr Freiheit schmecken könnt, und sei's auch nur die vom Leder unter Eurem Arsch.

Und die BundesPRESSidentin entblödet sich nicht zu sagen, 2010, mit dem Auto verbinde sie Freiheit.

Ja, Freiheit zum Tode. Aber Exit bekämpfen sie, die Deppen. Hornochsen. Wortwörtlich. Passt ihnen was nicht, hornen sie. Hup, ich bin blöd. Hup!

Aber den einzelnen Bürger in die Pflicht nehmen? Ne, wo wären wir da, nicht wahr? Vermutlich in einer echten Demokratie, dabei sind wir, sind …

Und die PRESSidentin weiter: «Das Auto und die Freude am Fahren gehören zum Glück noch nicht zu den Todsünden.» Doch! Aber sicher! Todsicher!

Und dann all diese Werbung: «Passt ein Familienauto in unser Budget?» Diese Kreditgeber, diese Banken. «Aber die brauchen wir doch, gibt Arbeitsplätze…» – Aber dann können Sie die Zinsen und überhaupt den Betrag nicht bezahlen, und dann muss die Gesellschaft wieder blechen. (Das Gleiche mit den Steuerzahlern, die man anlockt; dann muss man Infrastruktur bauen und unterhalten, Schulen, Strassen etc., plötzlich Steuergeschenke, Steuererlasse … Es lohnt sich nicht. Wie Kinder nicht; so eins kostet die Gesellschaft heute auch mehr als keines.)

Ja. Aber. Ja, aber.

PENG!

Es beginnt – gerade weil die Regierung nichts tut (siehe oben) – immer bei sich selbst. Es beginnt immer bei den Kleinen. Hier. Jetzt. Widerlebt die Ja-Abers(-Artigen)!

Aber wenn er dann wieder mal zur Abstimmung kommt, der Autofreie Sonntag, werden die Staatisten, unser aller Volk wieder geschlossen hinter ihrer Regierung stehen, und brav NEIN stimmen. 1 Tag! – – – Nein!!

Ach ja, ach ja, in einem freien Europa müsste es den Bürgern tatsächlich freigestellt sein, welchen Körperteil sie für den Ausweis fotografieren lassen möchten. Nach solchen Abstimmungen weiss man immer wieder: Der Vergleich von Köpfen setzt überholte Prioritäten. Kleider, Brüste und Schwänze sind längst wichtiger. Beziehungsweise: der Bleifuss.[25]

Also: Auf in den Stossverkehr: B'reitet Eure blechernen, tiefergelegten Schwanzersätze vor für das Stehen im Leben. Stillstand permanent.

Aber ich, ach, ich: Kleiner Mensch, was nun?

Soll ich mir einen Kometen wünschen, der mit seinem Schweif den ganzen Planeten bürstet? Über unsere Städte und Felder bürstet mit seinem Schweife. Allen den Weg zeigt, den Weg in eine ...

WISCH

Zu krank, um mit dem Velo zu fahren? Dann geht. Aber auch ich habe regelmässig Hörstürze, höre die Autos nicht mehr immer, auch ich habe Unfälle gehabt, auch ich habe verdrehte Knie. Trotzdem fährt es. Und machen wir uns nicht eher krank, weil wir die Luft verpesten, weil wir uns zu wenig bewegen ...?

---

[25] Es müsste aber wirklich nicht ‹footprint› heissen, was man der Erde antut; längst laufen wir nicht mehr barfuss herum: jeder Abtritt ein Ja zu Jesus. Bleifüsserne Abdrücke. Alles vergiftend. In grossen Schuhen ...

Sowieso, wenn wir von Freiheit reden: Man wird einsehen müssen, dass der eingeschlagene Weg den Verzicht bedeutet auf alle anderen Wege, auch und gerade im Umgang mit der Welt.

Und wieder lese ich gegen meinen Willen von der Gleichgültigkeit der Menschen, und stürze mich in den zerzausten Garten, um mich mit den Vögeln in Zorn und Rage zu reden:[26] Ihr geldAUTOmaten, Ihr Gieromaten, Ihr Kindermörder, Pflanzenkiller, Tierquäler! (Dies irae, dies irrae, diese irrae, diese Irren)

Dante wusste schon, warum er Euch im vierten Höllenkreis ein Plätzchen zuwies und Euch gesichtlos darstellte …

Ach, hört mir doch einmal zu. Helft doch mit!

Ach, lasst uns den Menschenmist durchduften!

Sie aber antworten:
Mer send so domm
Mer fahrid
      Brommbromm
Brumm, brumm, brumm
     Dummchen
          Brumm herum …

Ja, sie sind in Sicherheit, umgeben von einer Tonne Stahl, ihr Märchenschloss mit lauter Hupe: Hup-hup-päng!
Wisch-Wisch

---

[26] An meinen Reden sollt Ihr mich verkennen.

Auf der Post, sie: Ich schenke meinen beiden Söhnen und meinem Mann immer die Autobahnvignette zu Weihnachten. Ich brauche sonst keine Geschenke … (und ist näher bei der Wahrheit, als sie denken)

Fräsen von Leereignis zu Leereignis, diese Rasisten, mit viel Hup-Raum, und sammeln eifrig Unterschriften für ein Referendum gegen die Autobahnvignette,[27] die neu 100 Franken kosten soll; und das Referendum kommt in kürzerster Zeit zustande! Wenn's etwas ist, das nicht an ihr Geld geht, braucht's länger oder es klappt gar nicht …

Anderes darf dann aber viel kosten. Die Schneeräumung, zum Beispiel: Bei ein bisschen Schnee rufen sie schon aus. Sie können nicht mehr fräsen, fühlen sich nicht mehr sicher, in ihrer Tonne Stahl. Am liebsten würden sie die Natur grad ganz ausschliessen …

Es ist doch nur Notwehr, wenn Velofahrer aggressiv werden!

Fussgänger? Fussgänger sind leider auch oft Autofahrer, deren Auto gerade in der Garage ist … Die andern erkennt man aber. An den Schuhen!

Ach, ach, was hilft denn noch, was kann sie zur Vernunft bringen? Sie merken nicht einmal, dass sie immer sagen, sie liebten ihre Kinder, fahren aber herum und herum, bis die Welt bald einmal von Autoabgasen ständig vergiftet ist …

---

[27] Die Vignette, die vor allem Pflicht sein sollte, wäre ab Tachostand 40'007.5: «Ich habe die Erde überfahren.»

49

Sie kommen nicht drüber hinweg, nicht mal *einen* auto-freien Sonntag schaffen sie, es sei nochmals geklagt. Kein Wunder, wenn im Radio bei den Nachrichten *was* immer speziell behandelt wird? Das Wetter, dass die armen Menschlein was zu reden haben – man hat ja sonst nichts in unserer Belanglosigkeit –, die Börsenzahlen, also Geldi-Geldi, und der Verkehr, also BrummBrumm. Geld und Auto. Die zwei Götter.

Der Rest in den Nachrichten rutscht sowieso in die Belanglosigkeit ab, dank schwarzer Magie, der die breitere Öffentlichkeit anscheinend das getrübte Bewusstsein ihrer selbst mit verdankt. Diese schwarze Magie wäre aufzuheben, wenn man eine Meldung gegen die nächste in den folgenden Tagen hält. Denn oft entlarvt die eine die andere und beide sich gegenseitig: «Aus Da Nag wurde fünf Tage hindurch täglich berichtet: Gelegentlich einzelne Schüsse. Am sechsten Tag wurde berichtet: In den Kämpfen der letzten fünf Tage in Da Nag bisher etwa tausend Opfer.» (Erich Fried)

Aber: Bildung? Viele bilden sich ein, die Welt zu kennen, nur weil sie die Nachrichten hören oder schauen. Doch die Massenblödien, lassen Sie mich das einmal unmissverständlich verabschieden, insbesonders die Mattscheiben, das Deadeye, informieren keineswegs zuver-, sondern bestenfalls nach- bis lässig. Gucken Sie nicht zu oft und zu tief in die Röhre.

So erinnere ich die Welt im Voraus … ich sehe, was passieren wird … (nichts … und dann … der Untergang … wann auch immer … irgendwann … vermutlich … menschengemacht …) … und notiere es in mein WÖRTER-BUCH des Dummmenschen

Abwrackprämie: Eine Subvention der Autoindustrie, die auch als ‹Umweltprämie› angepriesen wird. Durch die Abwrackprämie bekommt man Geld dafür, dass man etwas zerstört. Dieses Gefühl kennen sonst nur Manager von Hedge-Fonds. (Übrigens war der CKW das Wetter in manchen Wintern ‹zu warm›: Da sei man mit den Einnahmen nicht zufrieden. Wie lange geht es wohl noch, bis der Staat der armen CKW wegen schlechtes Wetter zu machen versucht?)

Autobahn: Noch 1951 zählte man in Hergiswil, wo hernach die erste Autobahn der Schweiz stand, an einem Sonntag 11'000 Motorfahrzeuge aller Klassen und 8'000 Velofahrende. Es ginge …, was sage ich: es würde auch anders fuhren …

Autosatire: Sah letzthin ein Auto, auf dem stand: «Rauchen gefährdet Ihre Gesundheit.»

Die Dummheit persönlich:
Der Idiot gestern Abend im Fernsehen: «Du musst den Rank finden, wenn du deinen geraden Weg gehen willst.»
Ich: Haha!
Meine Katze: Miau-miau.

Fussgängerstreifen: Müssen, nachdem auf ihnen zu viele Fussgänger zu Tode gefahren wurden, möglichst abgeschafft werden. Rudolf Dieterle, Direktor des Bundesamtes für Strassen sagt im Interview mit der «SonntagsZeitung» am 24. Dezember 2011: «Wir haben in der Schweiz zu viele Fussgängerstreifen. Aus Sicherheitsgründen müssten wir zahlreiche eliminieren.»

Elektro-Autos: Müssen seit 2010 so gebaut werden, dass sie lauter sind. Man hört sie sonst im Verkehrt/slärm nicht.

Ihr Leben: Auto-biographisch und mit einem EGO-Motor versehen.

Konsumklima, verbessertes: Wenn sich dank der Abwrackprämie die Zahl der Autoverkäufe in der Schweiz steigert: «Schweizer Konsumklima hat sich im September leicht verbessert» (NZZ-Online, 25. Oktober 2011).

Plakate am Strassenrand: Zum Beispiel: «Achten Sie bitte auf Igel!» … und gleich daneben: «Schweizer Fleisch. Ehrlich. Lustvoll.»[28]

Staatstreue Bürger: Sind so lange die meisten, wenn es von Rausländern bis zu Geld-zurück-bei-Zugverspätungen geht; geht es um teureres Benzin (sie wollen die totale Mobilligtät) oder höhere Motorfahrzeugsteuern, reden sie von den ‹Vögten in Bern›.

Swissness: Die Kreuze am Strassenrand mit Blümchen davor.

Toter Winkel: In ihm befindet sich oft die Natur. Und selbst wenn nicht, sieht man sie vielleicht bald nur grad noch im Rückspiegel verschwinden.

---

[28] Ums Verrecken müssen sie Fleisch fressen … «Hast dich gut gemetzget.» – Ja, wäre es nur so.

Sie aber, opipestisch wie sie sind, in ihrer Ideologie des positiven Denkens, alles eine Hurrah!-Kultur, wischen die Probleme fröhlich vom Tisch. Es ist zu hoffen, sie merken noch, dass es angebracht gewesen wäre, Politikern einen Denkzettel zu verpassen, ohne den diese nur doof rumstehen und Phrasen[29] und Unworte brabbeln: «Ich bin voll pro positiv!»: PENG! «Dafür übernehmen wir die volle Verantwortung!»: PENG! «Aber sicher.»: PENG! Sie aber hängen weiterhin ihre Fähnlein in den Wind, im Zweifelsfall sogar in einen sogenannten *Desert Storm*.

Nur ich habe kein Carisma: Trete ich in einen Raum, nehmen mich die meisten gar nicht wahr. Ich stinke nicht zur Hölle, nicht nach Benzin, meine Nase tropft nicht errötend nach Weinduft, meine Beinkleider sind nicht ausgebeult, weil ich ständig wieder vor Angst mir in die Hose mache, und ich reiche … pardon: Ich rieche nicht nach Geld.

Mein anderes Ich: Solltest du nicht besser aufgeben?
Ich: Warum?
Mein anderes Ich: Das hast du doch geschrieben; lies es durch und überlege dir, ob es sich lohnt, Menschen überzeugen zu wollen …:

Oder:
Möglichkeit des Daseins

---

[29] Geht mal Euren Phrasen nach bis dahin, wo sie schon verkörpert stehen: Schaut Euch um: Das alles habt Ihr versprochen!

Kann man auf den Färöern Rennrad fahren?

Polyamorie: Schon auf der Hinfahrt quasselte sie mich voll. Das hätte mir Warnung genug sein sollen. Schon da erfuhr ich von Urs und Oli und Jonas ‹Joni› und Manú (sie will ja als Ethnologin nicht nur ‹Kaukasier› zum Freund haben) und Dani und vom ‹Mayor› (der 14'000 Franken pro Monat verdiene beim Schweizer Militär), und auf der Fähre lernte sie gleich noch den Island-Reisenden Christian kennen, was mit weiteren Wortkaskaden verarbeitet werden musste.

Sie liebe halt alle Menschen. Sagte sie und wickelte wie so oft ihr ‹Westafrikanisches Kopftuch› um ihre Haare.

Immerhin gab's auf der Fähre ‹Radler›.

Am ersten Tag auf den Färöern traue ich mich *einmal* noch, etwas zu sagen, eine Frage zu stellen, die nicht nur Interesse bekundend nachhakt oder auf sie antwortet: Ob man wohl auf den Färöern Rennrad fahren kann?

Sie sagt, ich meinte wohl: Kannst du auf den Färöern Rennvelo fahren?

Sie meint es ernst.

Denn sie sagt tatsächlich schon zu Beginn ungefragt auch Sachen wie: Ich möchte unbedingt ein Kind mit meinem Freund. Aber ich verhüte.

Sie ist 34 Jahre alt.

Sie ist Beauftragte für Muhmuh in einem Urschweizer Halbkanton.

Was ich mache, weiss sie bis heute nicht.

In der Hauptstadt der Färöer: Sie mag jene Postkarten, die älteren Engländerinnen ein überzuckertes ‹lovely› entlocken.

Und – sie will ja nicht *Mainstream* sein – sie stürzt sich sofort auf ‹alternativ› aussehende Cafés und Bars. Was auch immer das meint.

Das werde jetzt, sagt sie zum Beispiel nach etwa zehn Minuten in Tórshavn, und deutet wichtig auf ein Lokal, ihr Lieblingscafé hier.

Sie war noch gar nicht drin.

Und nach weiteren zwei bis drei Minuten hat sie unter den verschiedenen Clubs ebenfalls ihren Favoriten gefunden.

Trotzdem sagt sie, es sei ihr *ganz* wichtig, dass man in den Ferien ‹den *Speed* rausnimmt›.

Dass das nicht zusammenpasst, interessiert sie nicht.

Auch nicht, dass ich ihre Bemerkung seltsam finde, sie wolle damit eben den ‹*Vibe*› der Stadt spüren. Der könnte auch ganz anders sein als ‹unspeedig›.

Aber ich sei sowieso zu kritisch.

Dass sie nach dieser Reise zu den Färöern jedoch auch noch nach Aarhus und Kopenhagen, nach Berlin, danach ‹Burma› und erneut Berlin und schliesslich Sevilla und nochmals Berlin düst, das ist kein Stress, selbstverständlich.

Sie könnte ja auch zu Hause bleiben, wenn es ihr gefiele.

Vielleicht hätte sie das besser getan.

Und wieder klebt ihre Nase am Schaufenster eines Trödelladens und/oder Secondhandshops. Ach.

Und sie steht natürlich auch auf kleine Museen und Kunst und Kitsch. Den sie nicht zwingend so nennt.

Manchmal schon.

Und sie kauft ihn trotzdem. Auch wenn in der Hauptstadt der Färöer bei diesen Dingen ‹*Made in Taiwan*› draufsteht.

Hauptsache, der *Vibe* stimmt.

Dass an einem Gebäude der Schriftzug ‹*Realurin*› prangt, findet sie hingegen nicht lustig.

Sowieso, sie schaut sich nicht wirklich um, sie macht fast keine Fotos: Nur von einer Statue macht sie ein Bild, weil *der* eine Blume in der Hand steckt.

‹Herzig›, meint sie.

Sie würde besser eine Wand mit einem Graffiti fotografisch festhalten. Das wäre ‹authentischer›.

Nun ja.

Quasseln, quasseln, quasseln, Schnitt. Ich weiss nicht, wo wir überall spaziert sind, mein Kopf klingelt von ihrem Redefluss.

Dann aber geht sie im zuvor ausgewählten Café sofort auf einen bestimmten Stuhl zu, der habe den richtigen *Vibe*. Wieder dieses Wort.

Ich bin nur froh, kann ich sitzen.

Aber ich ertappe mich beim ‹Fremdschämen›. Warum gehe ich überhaupt noch mit?

Weil ich sonst ein Pascha sei und ein Frauenverächter, sagt sie.

Kümmert mich das?

Zumindest lässt es mich nicht los und sie *mich* nicht.

Die Perfektion einer Klischee-Puppe: Oh, sie *liebt* alle Filme von Pedro Almodóvar.

Worüber sie möglichst viele Menschen informieren möchte.

Und sie will den neuen Film von Lars von Trier sehen, es redeten doch alle schon darüber.

Und auch *Kusmi Tea*, den *liebt* sie, *liebt* sie.

Aber Achtung: Sie ist *nicht* gegen die Beschneidung von Frauen, ja, nicht einmal gegen Mädchen-Beschneidungen. Das sei in anderen Kulturen einfach anders als bei uns. Das sei ihre gewählte Gesellschaftsform, die das halt als Element habe. (Die Wortwahl entspricht ihrer.) Die meisten machten es sowieso freiwillig. Und schliesslich, *who are we to judge?* Das alles, ja: alles – sei doch eigentlich: gut.

Das lässt keine Antwort zu.

Sie lässt keine Antwort zu.

Who are we to judge: Das ist ein Hammer-Argument. Alles ist doch schon in Ordnung. Mit dem killt man jede mögliche Antwort. Leibniz ahoi.

Doch: Wer verschliesst da die Augen wovor? Und dann wäre es also in Ordnung, dass jemand, der einmal von den Eltern getauft wurde, immer Katholik bleiben müsste, das sei ja dann auch die lange schon gewählte Gesellschaftsform ...

Was sie erst recht nicht sehen will: dass Schmerz an sich einfach negativ ist und vor allem dann, wenn einem etwas von aussen aufgezwungen wird. Tieren oder Menschen.

Das Leiden und die Wahrnehmung von Schmerz seien doch weltweit verschieden. Sagt sie.

Sowieso, sie sei ‹Radikal-Relativistin›: Sie zweifle *alles* an.

Auch diesen Grundsatz?

Das findet sie wieder nicht lustig.

Aber es stellt sich heraus: Sie meint eher ‹Absolut-Relativistin›. Denn ‹radikal› würde *auch* die Stärke des Zweifelns angeben, ‹absolut› aber eben, dass man einfach *alles* anzweifeln möchte; zusätzlich schwingt bei ihr das ‹Immer-Recht-haben-Wollen› stark mit. Ohne Begründung. Ohne Belege.

Trotzdem verbreitet sie, ohne Zweifel daran zuzulassen: Sie möchte immer einsam sein, wenn sie mit Menschen zusammen sei; aber es verlange sie nach einer ‹*Gang*›, wenn sie alleine sei.

Hauptsache, im Geiste nie *Mainstream*.

Ja, das habe ich jetzt mitbekommen. Genug sogar. Wie wäre es also mal mit ‹jetzt-einsam-sein›?

Aber auch da ist sie, wie sie nicht müde wird, zu betonen, ‹ganz eigen›: Einsam-Sein heisst für sie wohl: nur *einen* Zuhörer zu haben.

Doch, doch, ich solle nur sagen, wenn ich etwas nicht hören wolle.

Aber, oh: Beim Thema ‹Tarot› wollte ich das tatsächlich nicht.

Darauf sie: Ich sei nicht ‹empathiefähig›.

Sie streitet mit mir.

Ich tue nichts.

Sie streitet, sie schreit.

Dabei liebt sie doch alle Menschen.

Mich auch?

Als sie gefährlich wird in ihrem Zorn, eile ich davon.

Doch nach einer halben Stunde hat sie mich aufgestöbert. Die Stadt ist zu klein.

Und sie wiederholt ihren Vorwurf.

Ob sie denn gegenüber Tieren Empathie empfinde, die für uns geschlachtet würden? wage ich zu fragen.

Ich hätt es besser nicht getan. Wieder wird ihr Kopf hochrot, ihre Handlungen gefährlich.

Was mir denn einfalle?

Ich hätte wohl das Recht gepachtet!

Am Ende, nach ihrem Wutanfall über mich und meine Freunde, die wohl alle die besten Vegetarier seien und so ganz lieb alte Katzen pflegten und selbstverständlich kein Auto besässen und auch nicht mit dem Flugzeug flögen und und und … All das verspottet sie.

Nein, es macht sie wütend.

Oder?

Denn hier sagt sie einmal, ein einziges Mal etwas kleinlaut, dass sie es auch falsch gefunden habe, dass in Westafrika Welpen gebraten und gefressen würden, die zuvor noch im Restaurant herumgehüpft seien. Sowieso: Das Essen dort sei schlecht gewesen, ganz schlecht.

Und sie sehe jetzt, ich dürfe dann auch mal widersprechen.

Als ich aber anderntags in der Tat noch ein Argument bringen will, das mir nachts gegen den Fleischkonsum eingefallen ist, heult sie los: Ach, hör mir auf!

Wieder schreit sie. Ich habe Angst.

Denn was sie alles tut, nur schon mit ihrem Mund, wo sie ‹ganz eigen› ist: Sie braucht ihn als Waffe.

Aber: Das alles sei nicht meinetwegen: Sie habe diese Diskussion einfach schon tausend Mal geführt.

Sie hat alle Diskussionen schon tausend Mal geführt. (Wenn sie doch bloss schon alles tausend Mal gesagt hätte und ihren Rede*mahlstrom* abschalten könnte. Ist es das: Bin ich in diesem *Mahlstrom* gefangen?)

Nichts mehr zu lernen.

Meint sie.

Zum Beispiel das mit Jesus. Auf eine Ausführung von ihr zur Bergpredigt[30] wage ich zumindest anzuführen, dass

---

[30] Die Bergpredigt? – Die Bergpredigt: «Glückselig die Armen im Geist, denn ihrer ist das Reich der Himmel.» – Das fängt ja schon mal gut an! Der erste Satz, den Jesus gesprochen haben soll, ist «Glückselig die Armen im Geist!» Das Christentum richtet sich also an die Dummen! Damit bin ich eigentlich schon raus, nur meine dummen Augen bleiben noch hangen …
… an der Rechtsauffassung, die die Gebote des Todes propagieren: «Meint nicht, dass ich gekommen sei, das Gesetz oder die Profeten aufzulösen; ich bin nicht gekommen, aufzulösen, sondern zu erfüllen. Denn wahrlich, ich sage euch: Bis der Himmel und die Erde vergehen, soll auch nicht ein Jota oder ein Strichlein von dem Gesetz vergehen, bis alles geschehen ist. Wer nun eins dieser geringsten Gebote auflöst und so die Menschen lehrt, wird der Geringste heissen im Reich der Himmel; wer sie aber tut und lehrt, dieser wird gross heissen im Reich der Himmel.» – Also anstatt sich klar gegen die Todesstrafe zu stellen, wie es die Christen dem vermutlich hinterher erfundenen Jesus fälschlicherweise unterstellen, betont der Text hier klar und eindeutig, dass die alten Gesetze nicht abgelöst werden sollen. Alle Gesetze, die z. B. Mose eingeführt hat, sollen weiterhin gelten, ohne «ein Jota oder ein Strichlein» daran zu ändern. Dies schliesst die Todesstrafe mit ein. / Dieser Jesus hier kennt aber auch kein Mass in der Bestrafung: «Ihr habt gehört, dass zu den Alten gesagt ist: Du

man ausserchristliche antike Quellen zu Jesus von Nazareth je nach Definition erst ab dem zweiten Jahrhundert vorlegen könne.

Das mag sie nun gar nicht hören: Sie habe es so satt, Verschwörungstheorien über Jesus zu hören!

O mei, sind da etwa die Horrorgeschichten über seine angebliche Kreuzigung gemeint?

Man kann es sich denken: Sie meint jene Wissenschaftler, die wirklich mal unvoreingenommen hinsehen wollen. Und wischt sie alle mit dem Argument vom Tisch, dass sie auch Religionswissenschaft studiert habe, und dort seien keine Theologen gewesen, nur – ihre Worte –

sollst nicht töten; wer aber töten wird, der wird dem Gericht verfallen sein. Ich aber sage euch, dass jeder, der seinem Bruder zürnt, dem Gericht verfallen sein wird; wer aber zu seinem Bruder sagt: Raka! dem Hohen Rat verfallen sein wird; wer aber sagt: Du Narr! der Hölle des Feuers verfallen sein wird.» – Hier tritt der Wahnsinn und die Masslosigkeit deutlich zu Tage: Für diesen Jesus ist es dasselbe, ob jemand tötet oder ob jemand seinem Bruder zürnt. Jesus verdammt schon denjenigen in die Hölle, der einen anderen «Du Narr!» schimpft. / Seine Masslosigkeit in Sachen Vergehen und Bestrafung geht jedoch noch weiter: «Ihr habt gehört, dass gesagt ist: Du sollst nicht ehebrechen. Ich aber sage euch, dass jeder, der eine Frau ansieht, sie zu begehren, schon Ehebruch mit ihr begangen hat in seinem Herzen.» – Es soll also dasselbe sein, ob jemand eine Tat begeht oder ob er auch nur schon im Entferntesten daran denkt, eine Tat zu begehen! Das ist dumm. Jesus war, falls er gelebt hat, ein geisteskranker Idiot. / Für seine ‹Bergpredigt› haben wir heute keine Verwendung mehr, es sei denn die, den Werdegang und das Wirken eines Neurotikers in einem fiktiven Text zu untersuchen. / Dabei würde es noch weitergehen und weiter…: Man soll andere Menschen so behandeln, wie man selbst behandelt werden will. Gilt das auch für Masochisten? Etc. Alles in allem überwiegen in der Bergpredigt fragwürdige und dumme Aussagen. Das wenige, was mit viel gutem Willen darin noch als wertvoll angesehen werden könnte, macht es nicht wert, sich mit der Bergpredigt zu beschäftigen. Die Bergpredigt ist vor allem das dumme Gelaber eines geisteskranken Neurotikers in einem schlechten Erzähltextchen. Für die heutige Zeit sollten sich die Menschen mehr mit den vernunftbegründeten Geboten des Humanismus befassen. Aufklärung. / Ach, da sind ja meine Tippfehler realtief gesehen wichtiger…

‹seriöse Wissenschaftler›, die kein Interesse dran gehabt hätten, Jesus in die Geschichte hineinzulügen. Wenn ich ihr nur einen einzigen Lehrstuhlinhaber oder eine Lehrstuhlinhaberin in der Schweiz zeigen könne, der oder die einen theologischen Hintergrund habe, akzeptiere sie mein Argument.

Welches denn?

Egal, Hauptsache, ja, wirklich: Hauptsache, ich darf überhaupt mal ein Argument vorbringen, das sie gnädigst prüfen will.

Worauf sie nicht gefasst ist: Ich möchte ihren *iPad mini*. Und lasse nach einiger Zeit elektronisch wundersam erscheinen: die Webseite mit dem ‹Zürcher Studienkonzept› des ‹Religionswissenschaftlichen Seminars›. Zitat: «Der Studiengang Religionswissenschaft [sic] wird an der Universität Zürich von der Theologischen Fakultät [sic!] in enger Verbindung mit Instituten und Seminarien der Philosophischen Fakultät angeboten.» (http://www.religionswissenschaft.uzh.ch/relwi/religionswissenschaft.html)

Schande über die anderen Institute. Aber vor allem: Schande über die Religionswissenschaft in Zürich und anderswo, die die Theologen ranlässt wie die Maden in den Leichnam Christi.

Ach nein, der ist ja – ich glaub streng nach religionswissenschaftlichen Untersuchungen – im 45-Grad-Winkel Richtung Himmel geflogen.

Doch auch hier hat sie die Lösung nach einigen (wenigen!) Minuten des auffälligen Stillseins: Ich sei bei diesem Thema einfach befangen, da ich früher ja mal – immerhin bis und mit 16 Jahren – Katholik gewesen sei (was nichts sagt darüber, dass ich auch andere Religionen ablehne; aber das wollte sie sich gar nicht erst anhören; gut, kann ich hier wenigstens einmal zwischenflüstern).

Aber die Theologen sind es dann nicht?

Nein, Wissenschaft sei wertefrei. *Who are we to judge?*

Aber das *ist* doch bereits ein Wert! Entfährt es mir. (Und Kriterien, etwas zu beobachten, festzuhalten, auszuwerten auch! Wo studieren solche Menschen eigentlich? In der Urschweiz?)

Das begreift sie nicht. Auch nicht, dass es dann keine Schulbücher und Kanons geben könnte.

Oh Mutter Maria voll der Knaben, warum hast du noch zusätzlich solche Töchter geboren?

Das sei jetzt misogyn?

Dann hätten Sie sie mal hören sollen (irgendwann werden Sie das vermutlich auch: sie macht selten mehr als viel viel reden, überall): Sie meint, Frauen in der Schweiz sollten gefälligst mindestens fünfzig Prozent arbeiten, damit sie an die ‹Top-Jobs› – ihr Wort – rankämen, darunter ginge es doch nicht und so seien die Frauen selbst schuld, dass sie weniger verdienten.

Mir fielen fast die Zähne zum Mund heraus.

Konnte sie sich eine Gesellschaft mit Berufen, die man sich zu dritt aufteilte oder auch zu achtzig Prozent und zwanzig Prozent nicht vorstellen? Auch bei ‹Top-Jobs›? Auch zwischen Mann und Frau?

Aber wem sage ich das: Sie konnte sich nämlich ebenso wenig die Färöer ohne Autos vorstellen.

Hier verstehe sie es, dass man eines habe.

Was wäre mit Elektro-Mobilen? Bei den kurzen Wegen? Oder anderen Alternativen (es gibt keine Trams, Züge, Rosskutschen)? Kann sie sich eine autofreie Gesellschaft zumindest als Möglichkeit nicht vorstellen?

Nein, das lässt ihre Weltsicht nicht zu.

Auch nicht, als ich ihr sage, hier schalte wohl niemand den Fernseher ganz ab. Immer laufe der auf Standby.

Sie flippt auch dabei fast aus und meint, das sei halt hier anders.

Vermutlich ja, schon aus Tradition, weil sie hier den Fernseher schon seit Jahrtausenden kennen.

Sicher kennen sie die Schafe seit Jahrhunderten. Und nutzen diese speziell: Denn alles Schafsfleisch von der Insel wird fermentiert gegessen.

Sie findet, das sei ihnen überlassen.

Auch die Entscheidung, dass sie Grindwale ausbluten lassen?

Who are we to judge?, entfährt es ihr.

Das sitzt.

Denn wieder: Es gibt Naturwissenschaftler, die wissen, dass Schmerz zwar tatsächlich individuell sein kann, aber doch Schmerz ist. Bei den Grindwalen kommt die Todesangst hinzu. Das Verbluten.

Aber auch das will sie nicht mehr hören.

Und es fragt sich schon gar nicht mehr, wer hier nicht empathiefähig sein kann.

Aber immerhin – auf ihrem Geldbeutelchen steht: «This economy sucks».

Auf ihrem Necessaire: «Dirty Dancing».

Die Ironie dabei versteht sie nicht.

Sie möchte doch nur tanzen, einfach immer nur tanzen. Sagt sie.

Menschen glücklich machen.

Aha.

Was ihr zwischenhinein einmal rausrutscht und sie sich für mich das einzige Mal etwas menschlich anfühlt: Ihre Mutter habe sich ihretwegen mehrmals fast umgebracht.

Deshalb sei sie heute dankbar allen Frauen, die sich liebevoll annähmen solcher Menschen, wie sie einer sei.

Darum wollen wir auch an unsere Gastgeber auf der Insel eine Dankeskarte schreiben. Ich wähle die Karte aus, sie gefällt ihr (oh Wunder!).

Als es dann aber um die Worte geht, mache ich ihr zwar etwa drei bis vier Vorschläge, die ihr aber alle nicht gefallen.

Weshalb ich ihr sage, sie könne es ja sonst alleine machen oder ich käme später nochmals mit Vorschlägen.

Da dreht sie durch.

Voll.

Sie schreit.

Sie beschimpft.

Pascha!

Sie wirft gezielt einen Löffel nach mir, der mich zum Glück verfehlt.

Ich aber gehe.

Eine Stunde später tut es ihr leid. Sie habe vergessen, den ‹Giraffen-Fallschirm› zu öffnen.

Was das ist?

Das ist auch so ein Problem bei der Kommunikation mit ihr: Sie meint stets, ihre Weltreferenzen, das, womit sie Dinge und Handlungen der Welt erklären möchte, diese Grundreferenzen seien bei allen vorhanden. Dass aber gerade dieses Dings mit der Giraffe eine Spezialität einer ihrer Esoterik-Tanten ist, ahnt sie nicht mal.

Wie soll man so wissen, worauf sie referiert?

Sie prüft auch nie, ob averbale Zeichen von einem Gegenüber verstanden werden.

Dabei wäre sie Ethnologin.

Aber schlimmer noch: Sie bewertet die Welt nach fast ausschliesslich ihren eigenen Kriterien.

Sie sagt Sachen wie: Karlsruhe ist eine schöne Stadt, da machen viele Menschen Tantra, und es gibt gute, preiswerte Kurse.

Das heisst aber auch, dass sie etwas anderes meint als ich, wenn sie sagt, sie möchte nicht über Geld nachdenken.

Wer 110'000 Franken im Jahr bekommt, hat gut pauschalisieren.

Aber auch das versteht sie nicht.

Weil ich fast schon wieder in einen Streit verwickelt werde, schweige ich.

In Ruhe lässt sie mich aber nicht.

Selbstverständlich.

Sie kann ja salbadern und gleichzeitig den *Vibe* spüren.

Den besonderen *Vibe* dieser Inseln: Dazu geht sie an die *Bingo-Night* für Touristen.

Und sie geht mehrmals in diesen vier Tagen ins Sushi-Lokal. Sie liebt es doch, dass es in allen Städten bald alles gibt.

Sie liebt es auch, ihre Wohnung schön einzurichten, zu ‹gestalten›, ‹kreativ› zu sein: Und meint damit, viel Geld auszugeben für 1950er-Stühle, die glattpoliert sind.

Sie liebt es noch mehr, zu essen. Deswegen erwirbt sie extravagante Kochbücher. Und weil die meisten guten Menüs auch Fleisch benötigen, isst sie jetzt wieder Fleisch.

Ich darf das nicht kritisieren.

Denn sie war jahrelang Vegetarierin. Länger als ich bislang. In Ghana habe sie zwei Jahre nur Hirsebrei gegessen. Sie leitet daraus das Recht ab, sich zur besseren Vegetarierin zu erheben – ironischerweise mit Fleisch im Mund.

Aber sowieso: Die frisch Konvertierten seien die schlimmsten.

Wie es dann um die frisch Zurückkonvertierten stünde?

Erst versteht sie nicht.

Dann hätte ich beinahe die Meeresfrüchte-Pizza um den Kopf gehauen bekommen.

Draussen dann ein letztes Mal die vielen verschiedenen Grün.

Sie: Die haben sicher viele verschiedene Namen dafür. Wie die Eskimos für den Schnee.

Wieder: Das sagt sie als Ethno-Studentin. Und das mit dem Schnee ist schon lange widerlegt.

Aber das hier sei halt sowieso wie der Süden Neuseelands.

Ja, sie ist weit herumgekommen in der Welt. Ihr fallen immer gleich Vergleiche ein.

Immerhin fühlt sie sich ‹mythisch› hier. Es sei wie in den Schweizer Alpen.

Danke für die Hilfe.

Am Ende will sie sich reinwaschen: Entschuldige, dass ich dich so hart angegangen bin.

Wir hätten eben verschiedene Konversationsmuster.

Naja, viel mehr als gar kein Wort sagen kann bei ihr eh niemand.

Ganz am Ende dann aber, auf der Nachhausefahrt, da gab es einen Färöer, der sprach und sprach und sprach auf sie ein. Dass sie fast kein Wort sagen konnte.

Das fand sie mühsam.[31]

***

Mühsam? Ja, mei, also das fand sie mühsam. – Was ich mühsam finde? Hm...:

---

[31] Ich richte mich nicht gegen Menschen, ich richte mich gegen eine gewisse Mentalität. Und diese Mentalität hat hier mustergültig reagiert...

Die Fahrt durch die Hölle des Spiessbürgers und zurück (sie kommen zurück, leider, wie sie loslegen, Verzeihung: wie sie losfahren) – und wer das hier erkennt, hat gute Bildung!

Die Vermehrungsbürger und Naturverräter: Zurück zur Natur? – Ja, aber mit Vollgas!

Warten an den Ampelanlagen des Lebens auf Grün, doch machen nichts dafür! Da wird noch lange Beton sein und Asphalt (AufTRAXkiller!). Wollen nur losbrausen, freie Fahrt haben! Fürs Vergnügen etc. Vor allem etc.

Die Nächstenliebe, die es in den Warteschlangen nie gibt – Visagen-Klumpen allerorts, keiner lacht, jeder glotzt, Fresse an Fresse, Andrang, Nachschub, Schwemmgut, Pressware, «wir danken für ZAHL-REICHES erscheinen!» Alles voller Reiseziele,[32] Belange und Willensregungen, vermutlich in jedem Einzelfall total unwichtig und egal. Hintermanns Mundgeruch im Nacken, hat Vordermanns Nacken mir nichts zu sagen. Und erst diese Gesichtsscheiben: restlos hirnlos. Aber jede eine flache Welt für sich.

Wenn du rausgehst, sieh' nie länger hin als extrem kurz! Eine Sekunde pro Gesicht, mehr hältst du nicht aus!

Aber auch dann: Manche Gesichter saufen binnen dieser Sekunde zu Visagen ab.

Sitzmumien fahren der Intensivstation, Nachwuchszombies ihrer Filialeneröffnung entgegen oder der Eröffnung des neuen Autobahnabschnitts.

Wieso überhaupt bei gleichgeschalteter, leergefegter Standard-Mimik (Standarten-Mimik) diese biologisch un-

---

[32] All die Ferientrip(per)täter.

verständlichen, garantiert unnötigen Minimal-Abweichungen in der Formatierungs-Option? Wackelkontakt am Fliessband? Einer sieht nicht wie der andere aus, aber alle sind sich allzu gleich.

Denn auch die hinterletzte Fresse will sich noch in die Zukunft katapultiert sehen, dieses kaum hochgezüchtete Säugetier, und hat's geschafft, seit Jahrmillionen jedesmal wieder voll dabei zu sein, mit kaum variierter Bulligkeit durch Äonen zu stiefeln, zu transpirieren, zu kopulieren, schwabbelfroh und winterfest, bei Kaffee und Kuchen in der Klonditorei.

Aber ich, ich akzeptiere selbst sogar die meisten der Mitbürger als Mitmenschen. Fahre mit dem Velo und verpeste ihre Luft nicht. Selbst die TCS-Mitglieder kommen in diesen Genuss und die SVP-Wähler. Aber sie machen mir meine Umwelt kaputt, meine Mitwelt sowieso.

Ja, Herr Müller und Frau Meier allerorts. So erfolgreich ich auch wegzugucken versuche: In den Autos sitzt Frau Meier reihenweise gestaffelt, mit vollen Migros-Tüten. Gesichtslaune: Camembert. Alter: jederzeit fortgeschritten. Oft lacht sie nicht, Frau Meier, und wenn, so hilft das auch nicht viel. Gesamteindruck: irreparabel. Menschlicher Klartext! In ihrer höchsten Erscheinungsform mag sie sogar Mozart hören, im Wunschkonzert. Oder Häppchen beim Kultur-Sepp.

Und meist sitzt da noch ein Sohn im Fonds. Der hilft, 25 Camembert-de-luxe-hoch, die Windel-Achterpacks zu stapeln, und sie karren das alles, sich selbst ja immer mit, zum knallweissen[33] Haus mit Floristik-Betonkübeln, Dop-

---

[33] Die meisten haben mehr als einen Knall. Silvester 2013 wurden in Deutschland allein für 120 Millionen Euro Böller gezündet…

pelgarage und Hundezwinger.[34] (Was plant der Mann, der in der Wiese steht? Einen Ankauf? Verkauf? Will er Häuser bauen, eine Schnellstrasse? Wittert er Bodenschätze? Macht er ein Fotobuch: «Heile Landschaft»?)

Das alles als apokalyptisch zu bezeichnen, geht nicht mal. Apokalyptisch wäre eine prophetische Fiktion. Das alles aber ist traurige Heutheit.

Apokalypse … Das führt (sic!) uns direkt zum

[34] So, einzeln für sich, bestaunen sie ja auch ‹architektonische› Leistungen: Ein Katalog von Einzelnhäuschen, die schön sein sollen, es auch sind, egal, aber wie passt was ins Gesamtleben? Zersiedelung, Landschaftsverhäuselung. Verdorfung. Die Heimat, Landschaft, ‹Natur›, längst keine naturwüchsige mehr, sondern eine ausgenutzte, domestizierte und nivellierte Landschaft. Sieht man vom Jura ab und dem Napf. Dieser Aussatz an Familienhäuschen, ästhetische Kleinlichkeit, Befund der Krankheit. / Architektur also meint bei ihnen NIE Urbanisierung im Sinne von Kulturraumgewinnung (denn ‹urban› lebte auch schon Martial im ersten Jahrhundert u. Z.); sondern sie bauen GEGEN die Natur Schlafquartiere und Arbeitsquartiere und Vergnügungsquartiere. Und überall einen Parkplatz hin. Im Grunde ist ihre Architektur immer ein kommentarhaftes Verhalten, was von aussen nötig ist (Arbeitsraum!), dann wird das gebaut. Nichts ist originären CH-Ursprungs, wenn's das überhaupt gibt. / Aber die Heimattümelnden können auch keine Resistenzgarantien gegen die Auspowerung und Verschandelung der Landschaft geben. Übrigens spiegelt das Bild der wuchernden Einöde, spiegelt das ungestalte Niemandsland aufs Deutlichste unsere gesellschaftliche Sitzuation und politische Stagnation. Es sind die einer unkontrollierten Spekulation und Profitgier Vorschub leistenden Bodenrechtsverhältnisse unter formaldemokratischer Regie, die die besagte Gesichtslosigkeit systematisch zeitigen. Und hinter all den Masken stecken wir.

Unsinn ‹Glauben› – meine Schwermutsfugen auf der GaLEERe

Wo wir grad mal weiterfahren (nein, nicht: weiter fahren) mit den Auswirkungen der KONSUMgesellschaft mit ihren Räsenmähern, Schneeschleudern mit Motor, zwei Offroadern etc., wo auch das Hochgebirge längst ein Vorort der Erholungsgesellschaft ist (hätten wir nicht die Vororte, die wir haben, bräuchten wir nicht ständig solche Erholung), wo das Ich frech vorgeht vor aller Umwelt: Der blaue Himmel ist mit Öllachen überzogen, durch die die Flugzeuge ihre Bahn ziehen, ehe sie sich auf die Hügel hinunter entleeren. Die Luft ist von Detonationen und Lärm durchknallt. Die Forellen recken den Bauch und sind ganz weiss. (Das macht mir kein Goethe vor!)

Aber die Theologen, die Theologen erklären: Alles kein Problem.[35] Das Ende der Welt wird durch die Insekten kommen. Nicht durch Eis und Schnee im Sommer. Tourismus total. Nicht durch die Zuhälter des ewigen Schnees.

Ich aber sage Euch: Das Ende der Welt wird nicht unter den Posaunen der Apokalypse über uns hereinbrechen, sondern von uns selbst Schritt für Schritt herbeigeführt werden. Lasst uns einen Apokalypso tanzen, wo alle meine Hoffnungen in einer Träne zusammenfliessen, die sich in einer Abgaswolke im Nichts auflöst.

---

[35] Beim Flugverkehr sagen das auch die Staaten: Der Flugverkehr ist zwar eine CO_2-Schleuder, belastet das Klimabudget rechnerisch aber nicht – wegen eines ‹Sonderstatus›. // Es ist doch immer und immer wieder dasselbe: Der Vorsteher des Amts für Umweltschutz in Uri ist gleichzeitig Projektleiter des Kantons für das Tourismusresort in Andermatt und das Projekt ‹Richtplananpassung› Ski-Infrastrukturausbauten Andermatt-Sedrun.

Was aber sagen die Kirchen derweil, wenn jährlich wieder zig Tierarten weniger existieren, die Welt vermüllt wird und man die Natur so zurückbindet, dass es in allen Religionen (auch Buddha hat das Menschsein als oberste Stufe gesehen) immer um das Primat des Mönschen geht? Und jene, die zuvorderst stehen, wenn es eben darum geht, das Primat des Menschen durchzusetzen, sind meist die grössten Idioten, solche, die ‹Park-Inn-Zone› verstehen, wo es um eine schlimmere Krankheit geht, die uns wieder zu sabbernden Kleinkindern werden lässt; aber ER, nicht wahr, der grosse Vorhautsammler, hat uns an die Spitze gesetzt, zuoberst in der Kreaturenpyramide; und mit einem spitzen, kleinen Kopf passen wir da zuoberst auch gut rein. Und das alles per heiligem Wort, nicht wahr. Da sollte ICH doch nichts dagegen haben?! Aber was soll ein Buch mit 10'000 Varianten und mit Interpretationen nach Wahl, das dann schon? Da kann ein Elefant auch ein Priester sein und … etc. Ich erinnere mich immer wieder mit Lachkrämpfen an die Demonstrationsexegese meines Uni-Lehrers, der bewies, dass in einem Kuchenrezept das Backpulver nun für die Mutter Maria stehen müsse, die Milch für Gott und die Eier für Jesu den geeierten …

Das Traurige ist: So töten wir weiter. Tier um Tier um Tier. Keine Entwicklung. Was so Fortschritt heisst, ist tatsächlich nur ein Schritt irgendwohin fort. Nur wenige in der Kulturgeschichte sehen, dass es alles in allem ein bisschen vorwärts geht, zumindest in den Wissenschaften. In der Welt dann halt doch nicht. Wie seit Jahrtausenden. Wir trinken kein Blut mehr? Es gibt die Delikatessen (à point). Aus dem Kelch schlürft der Priester genüsslich das, was Blut sein soll. Leckt sich die Lippen. Blut ist dicker als Wasser blabla.

So schwatzen sie alle vom Himmel und schänden die Erde: Seid umschlungen – Müllionen … Dies Geheuchel um ein paar Embryos, während sie den ganzen Stern abtreiben. «Wer an mich glaubt, der hat das ewige Leben.» Danke, da verzichte ich lieber. Ewig sein. Was für ein schrecklicher Gedanke. Und dass man selbst glaubt, die Natur bewahre auch die abverrecktesten Exemplare für immer auf, ist doch einfach so was von überheblich, da komme ich mit diesem ganzen Text nicht mal leicht dranheran.

Der kleine manipulierte Mann aus Kroatien: Warrrum? Warrum du haben etwas gegen Religion, häh?
Ich: Je nun, wäre es den Religionen wenigstens gelungen, die Mehrzahl der Menschen glücklich zu machen, sie zu trösten und mit dem Leben auszusöhnen, so würde es keinem einfallen, sie in Frage zu stellen. Aber so …

Und nein, ich bin mir nicht zu ‹simpel›, auch auf die Missbrauchsfälle der Kirchen hinzuweisen – oder zumindest auf deren Folgen: die Schlagzeilen. Denn denen folgten leider, sagt Florian Flohr, sogenannter ‹Kommunikationsbeauftragter› der katholischen Kirche Luzern am 26. April 2010 der Neuen Luzerner Zeitung, vermehrt Austritte aus der Kirche: «Wir merken die Schlagzeilen über die Missbrauchsfälle.» – Man muss sich das vergegenwärtigen, langsam und deutlich: Sie merken DIE SCHLAGZEILEN!

Hat man denn die Frechheit! So was! Aber NEINN! Sie spüren nicht etwa die Missbrauchsfälle. Das scheint gar nicht das Problem. Sie spüren die Schlagzeilen! Als wären die Schlagzeilen schuld!

Immerhin, dem armen Mann konnte damals bereits etwas geholfen werden: Obwohl die Synode der katholischen Kirche Luzerns mit einer Fortsetzung des Trends rechnete, durfte Flohr verkünden, es werde wohl nicht allzu lange anhalten: «Wahrscheinlich ähnlich lange wie damals beim Vorfall mit den Piusbrüdern – also drei bis vier Monate.»

Und das ist ja, gegenüber der Ewigkeit, völlig zu vernachlässigen, nicht wahr …

Jaja, die Mitglieder der Landeskirche. Wenn es darum ging, neue Schäfchen zu gewinnen, waren die Priester immer schon modern. Furchtbar modern geben sie sich dann, die Priester. Einer macht Karate. Und hört Heavy Metal. Der Abt von Einsiedeln fährt mit dem Scooter. Und ne eigene Website haben die Hirten der Schafe Gottes eh schon fast alle.

Doch dem Welttheater von Thomas Hürlimann und Volker Hesse macht der herumscootende Abt dann nach 2007 trotzdem den Garaus.[36] Modern? Am Arsch vorbei. Am liebsten würde er die Macher des einen Videos mit huch! einer nackten Nonne wohl auf dem Scheiterhaufen brennen sehen. Aber ER, nicht wahr, sieht ja alles.

[36] In der Bearbeitung von 2007 fand der Abt laut einem Brief (an den Tagesanzeiger) zu viel ‹Zeitgeist› und ‹Gottlosigkeit›, aber zu wenig ‹Trost›, ‹Hoffnung› und ‹Zuversicht› und zu wenig von ‹Gottes Gegenwart›. Für das Welttheater 2014 wünschte er sich darum einen «anderen Ansatz» und «andere Protagonisten». Allerdings erinnert sich Volker Hesse, dass sich der Abt noch bei der Premiere sehr angetan zeigte vom Stück, sich dann aber von rechtskatholischen Protesten unter Druck setzen liess. Diese Frommen suchten unter anderem in der Garderobe die mitspielenden Kinder auf und verteilten ihnen «Gutscheine für eine heilige Beichte» mit der Aufschrift «Gotteslästerung ist in sich eine schwere Sünde».– Und da sage mir noch jemand, heute werde nicht mehr missioniert.

Zum Beispiel, dass es in der Stiftsschule Einsiedeln zu sexuellem Missbrauch gekommen ist. Laut ebenjenem Abt, Martin Werlen, haben sich mehrere Mitglieder des Klosters schuldig gemacht. Zu Strafanzeigen ist es dennoch nicht gekommen.[37]

Und da wundert man sich noch, wohin die Kirchensteuern versickern: all die Abfindungen, Schweigegelder, Schmieröle…

Aber halt, halt: Sexuelle Neigungen darf man nicht verurteilen, weil die sich niemand ausgesucht hat… – Ja-ja, richtig. Zu verurteilen ist einzig das Verhalten. Und dennoch: Priester, die eine Beziehung mit einer Frau eingehen, werden abgesetzt. Priester, die Kinder vögeln, denen wird eine zweite Chance gegeben. Und das ist kein Steckenbleiben im Mittelalter? Denn wie soll man das verstehen ausser mit der Verteufelung der Frau, die das Schlechte per se verkörpert? Wie?!

Ich sehe nicht ein, warum sich hier die (katholische) Kirche anders verhalten sollte als ein Sportverein oder ein Kinderheim. Schluss mit den Sonderregeln. Bringt die Kirche als Institution wie die Nazis endlich vor ein Gericht, wo sie angeklagt wird. Der Kreuzzüge. Der Missbrauchsfälle. Der Lügen. Sie ist eine verbrecherische Organisation.

Denn wissen Sie, wie die Amerikaner die später ‹Ratten-linien› genannten Fluchrouten führender Vertreter des Nazi-Regimes einst nannten: Klosterrouten.

---

[37] Und der Präsident der Schweizerischen Bischofskonferenz sieht da keinen Handlungsbedarf: Die Kirche will Missbrauchsfälle auch weiterhin nicht automatisch zur Anzeige bringen. (NZZ am Sonntag vom 21.3.2010)

Warum? Weil sich hochrangige Vertreter der katholischen Kirche aktiv an dieser Fluchthilfe beteiligten. (Adolf Eichmann entkam so.)

Wie die Katholiken nach dem Krieg den Nazis geholfen haben, so unterstützten sie Hitler auch während des Krieges: Nach einem misslungenen Attentat auf Hitler am 8. November 1939 sandten Kardinal Adolf Bertram im Namen des deutschen Episkopats und Kardinal Michael von Faulhaber im Namen der bayrischen Bischöfe Glückwunschtelegramme an Hitler.

Sogar 1944 noch, nach dem berühmtesten Attentat auf Hitler vom 20. Juli, brachten die in Berlin akkreditierten ausländischen Diplomaten, an der Spitze der päpstliche Nuntius Cesare Orsenigo, durch Eintragung in das in der Berliner Parteikanzlei ausliegende Gästebuch ihre Teilnahme und ihre Glückwünsche zum Überleben Hitlers zum Ausdruck.

Spätestens jetzt schreien Sie vermutlich auf: Das sei – Moment, ich schaue nach, was Sie so schreien, bei Vorläufern von mir – das sei «groteske Arroganz» (das klingt immer gut), das heisse «mit unglaublicher Leichtfertigkeit über einen Glauben urteilen» (das klingt schon besser, Sie kommen sich näher; aber dann dürften Sie auch nicht über meinen Unglauben urteilen), das «grenze an Blasphemie»[38] (und schon sind wir ganz bei Ihnen angelangt: Wer Ihnen zu nahe tritt, wird dem Staatsanwalt vorgeführt – Staat und Kirche sind nämlich immer noch nicht getrennt, siehe unten –, damit man aburteile, wie

---

[38] ‹Gotteslästerung›? – Das Wort im herkömmlichen Sinn ist unlogisch: Wenn der (imaginierte) ‹allmächtige› Gott offenbar zulässt, dass man ihn beleidigt, kann er gar nicht allmächtig sein (oder er will es).

das früher die Inquisition getan hat... Und Ihrem geistigen Müssiggang steht nichts mehr im Wege...

Diesen sich selbst erhaltenden Zustand der Intoleranz nennt man Staatsreligion. Und Sie: arme Würstchen.

Denn eine Lehre, die ein armes Wurm von Säugling, wenn es gleich nach der Geburt stirbt, ungetauft, auch ohne Nottaufe, jener Hölle überantwortet, in die sie – etwa – den getauften Schuldigen Adolf Hitler durchaus nicht mit Entschiedenheit verweist, ist doch überhaupt nicht mehr diskussionsfähig. (Dank an er-weiss-wer-er-ist)

Nicht mehr diskussionsfähig: Wussten Sie, dass Kardinal Joseph Ratzinger, bevor er Papst wurde, sich der Amtsenthebung eines pädophilen Priesters in Kalifornien widersetzte?

Und wussten Sie, dass der Judenmord von Payerne 1942 vom ehemaligen Pfarrer Philippe Lugrin angestiftet wurde, der zudem Mitglied der ‹Frontisten› war?

Wussten Sie weiter, dass in gewissen Teilen auch von Europa noch im zwanzigsten Jahrhundert auf die versuchte Selbsttötung die Todesstrafe stand – im Einverständnis mit der Kirche? Einerseits, weil man dann den Besitz der Person einziehen konnte; vor allem aber, weil das Recht, zu entscheiden, wann man aus dem Leben gehen dürfe, nur dem HErrn zustand – und den Kirchen, falls sie es für nötig hielten: etwa bei einem Krieg.

Denn Mord ist bis heute gesellschaftlich tabu, und dieses Tabu wird durch Normen gestützt. Aber die gleichen Institutionen – oft ist die Kirche dabei –, die diese Normen aufstellen, legen auch die Ausnahmen fest. Und Religionen sind da Hauptlieferanten für Rationalisierungen, die erklären, warum man in gewissen Fällen eben doch töten dürfe. Der Glaube, der zu Beginn manchmal gar nicht solche Ideologien vertrat, wird damit zweckdienlich zurechtgebogen: Dem Subjekt wird die Verantwortung für sein Tun abgenommen. Sei es dem Soldaten oder dem Selbstmordattentäter. Sei es bei Moslems oder bei Christen. (Siehe Srebrenica, wo 5000 christliche Serben 8000 muslimische Flüchtlinge abmetzelten.) Oder Christen gegen Christen.

Ich kann mir nicht helfen, ich seh da immer ein Bild: Gesegnete französische Kanonen links, gesegnete deutsche Kanonen rechts, und die Soldaten krepieren auf beiden Seiten. Was nützt also das Segnen? Dass auf beiden Seiten gleichviel sterben? Damit Gott wieder ein paar Seelchen hat? Ach, es macht alles so himmelschreiend keinen Sinn, dass man sie packen möchte, ihnen die wahren Freuden zeigen … damit sie andere nicht daran hindern: Das ist nämlich, ich sag's nochmals, mit ein Grund, warum ich hier so rumschreie. All das könnte mir doch egal sein, wenn sie nicht Unschuldige mitrissen. Durch ihren Krieg. Durch Umweltverschmutzung. Durch die Geldmaschinerie, die es jedem teuflisch schwermacht, der nicht mitmacht.

Die Religion frisst ihre Kinder. Und ihre Rinder. Und Fische. Und Vögel. Und Froschschenkel.

Wissen Sie, warum man Froschschenkel in grösseren Mengen zu essen begonnen hat? Weil die Kirche sehr ausgedehnte Fastenzeiten ausgerufen hatte, in denen man – huch! – kein Fleisch essen sollte. Das war mit Fischen etwas anderes (obwohl die Logik dahinter deppert ist), weshalb die Nordsee und Flüsse im Niederrheingebiet nach neuesten Forschungen bereits ab dem 13. Jahrhundert überfischt waren. Als Abwechslung in der ‹fleischlosen› Kost waren weitere (wechselwarme) Tiere zum Fressen höchst willkommen: eben zum Beispiel Froschschenkel,[39] aber auch Weinbergschnecken.

Diese ‹Fastenspeisen› reichten den meisten Mönchen aber noch nicht. Sie durften nämlich, wenn sie krank waren, und sie waren alsbald oft krank, auch ‹richtiges› Fleisch essen. Thomas von Aquin soll das bekanntlich so weit getrieben haben, dass man an seinem Platz die Tischplatte rund ausfräsen musste, damit er mit seinem Riesenbauch überhaupt noch sitzen und essen konnte.

Überhaupt, die Lüge von den Klöstern als Hort des Wissens, die immer wieder (aus den eigenen Reihen, versteht sich) dafür gelobt wurden, was sie alles an Kulturgut von der Antike in die Neuzeit gerettet hätten … Dabei waren es christliche Eiferer und Terroristen, die die grosse Bibliothek von Alexandrien verbrannten und vom 3. Jahrhundert (Jahrhu-hu-hu!) an ihre Zerstörungen planmässig fortsetzten. Um am gleichen Ort zu bleiben: 391 zum Beispiel erwirkte der Patriarch Theophilos von Kaiser Theodosius die Erlaubnis, den grossen Wallfahrtsort der Antike, die letzte und nun grösste Akademie Alexandriens, das Serapeion, zu zerstören. Aber weiter und überall: Um 600 wird in Rom die von Augustus gegründete Palatinische Bibliothek eingeäschert. Tempel werden im besten Fall als Kirchen verwendet, oft auch zerstört. Eine Zuflucht hellenistischer Gelehrsamkeit nach der anderen verschwindet.

---

[39] Wem es auch heute noch einfällt, Froschschenkel und Kaviar zum Leckerbissen zu erklären, dem ist doch im Leben vor Langeweile nur noch durch Zwangsarbeit zu helfen. Oder man sende alle auf einen Kontinent. Dann können sich die anderen, die, die auch Sorge tragen zur Erde, von den Umweltverschmutzlis und Tierschändern erholen. Und die Tiere auch. Noch besser wär's, sie auf einen anderen Planeten zu schiessen.

80

Wenn man dabei wenigstens jene griechischen und lateinischen Gepflogenheiten fallengelassen hätte, die Menschen unterdrückten: Aber bekanntlich hat das christliche Rom die Sklaverei von der Antike übernommen und fortgesetzt, es haben Paulus, Augustinus, Thomas von Aquin, die grössten Leuchten dieser Religion, auf das Beredteste durch alle Zeiten auch die Sklaverei propagiert, und unter allen europäischen Grossstädten hat das päpstliche Rom am längsten an der Sklaverei festgehalten.

Warum ich mich derart darüber aufrege, es gehe mich doch nichts an? – Doch! Die Löhne von knapp 450 Geistlichen der drei sogenannten ‹Landeskirchen› werden im Kanton Bern aus den allgemeinen Kantonssteuern bezahlt. Und das nur, weil im 19. Jahrhundert die Kirchengüter verstaatlicht wurden, die die Kirche zuvor aber unter fragwürdigen bis hin zu ausbeuterischen Umständen an sich gerissen hatte – ohne nachträglich je etwas zu bezahlen, versteht sich.

Und wussten Sie, dass eine Firma zwar weder heiraten noch sich taufen lassen kann, und wenn sie vor dem Konkurs steht, kann sie sich auch die Letzte Ölung nicht geben lassen; dennoch entrichten Unternehmen in über 20 Schweizer Kantonen zuhanden der drei sogenannten ‹Landeskirchen› Steuern. Im Gegensatz zu natürlichen Personen können sie sich der Kirchensteuer nicht durch Austritt entziehen.

Also Staat und Kirche seien getrennt (in der Schweiz)? – Ein Witz! In Zürich lässt der Kanton einen Tunnel durch einen Priester einweihen. Kreisel werden in Nidwalden gesegnet. Der Wauwiler Lehrpfad 2012 wird durch einen Priester eingeweiht.

Die Kirche habe keine Macht mehr? Was meinen Sie, wird wohl schlimmer geahndet: Wenn ich ein Kind überfahre oder eine Kirche anzünde? Und das finden Sie in Ordnung? Auch wenn es Ihr Kind wäre...?

Der Raser kann unter Umständen nach der Tat zur Beichte, und alles ist vergeben. Nicht wahr?

Dabei haben gerade die Pfarrer kein Zutrauen zu ‹Gott›. Karl Kraus hat's gesagt: «Ein Blitzableiter auf einem Kirchturm dürfte das denkbar stärkste Misstrauensvotum gegenüber dem lieben Gott sein...»

Oder alles in Kürze, zweitausend Jahre Christendumm:

Kein Tierchen lebt umsonst in Gottes grosser Schöpfung: Bei den Meeresschildkröten, die am Strand von Ostional, Costa Rica, ihre Eier legen, watscheln die frischgeschlüpften Kleinen später allein Richtung Meer. Sie sind dabei ein Leckerbissen für Vögel, die aber nicht den ganzen Körper fressen, sondern ihnen nur den Kopf abbeissen. Der Rest verwest. Genau: Das ist Gottes grosse Schöpfung, oder: Wie dumm kann man sein?!

Oder:

Der Mensch ist das Meisterwerk der Schöpfung. Wer aber behauptet es: Der Mensch! Wie objektiv ist denn das?!

Und noch dies:

Gott?!? Büchner wird knapp 23 und Kalaschnikow 94!

... dong, blomm, domm, dumm ... Die Zeit, die vom Kirchturm weht, kommt immer zu spät...

Das einfache Schweizer Volk: Halt die Schnauze, Arschloch!

Ich: Ja, ich frage mich manchmal auch, warum ich all das eigentlich mache. Vielleicht sollte ich wirklich mal den lang schon angedachten Gross-Essay schreiben: «Wie wir uns am Unvermeidlichen abarbeiten – Anmerkungen zur laufenden Krise».

Doch kaum will ich beginnen, erhält man in Triengen Morddrohungen, nur weil man als Lehrer Kruzifixe abhängt, so wie es sich eigentlich gehörte: Staat und Kirche getrennt; keine Indokrination in der Schule. Aber das ist wieder ein Kapitel für sich (siehe unter †).

Aber die Gläubigen, die Gutgläubigen, Dummgläubigen, die alles glauben, glauben 2011 nicht, dass die kathoHlische Kirche in Deutschland nicht nur durch den Verkauf von Pornographie Gewinne macht, sondern auch an Produktionsfirmen von Fummelfilmen beteiligt ist. 2500 einschlägige Titel sind im Katalog des ‹Weltbild›-Verlages abrufbar. Über ‹Weltbild›, das zuletzt einen Jahresumsatz von 1,6 Milliarden Euro vorweisen konnte, ist die Kirche ausserdem zu 50 Prozent an dem Verlag ‹Droemer & Knaur› beteiligt, der laut ‹Heise.de› nicht nur erotische Literatur vertreibt, sondern auch selbst Pornos produziert. Nicht zuletzt hält ‹Weltbild› ein Drittel der Anteile an dem Online-Portal ‹Buecher.de›, das auch intime Videofilme verkauft. Wer Bücher wie ‹Lustschmerz›, ‹FeuchtOasen›[40] oder ‹Befreie mich, versklave mich› kauft, beschert zwölf deutschen Diözesen eine einträgliche Summe.

Doch vermutlich ist das heute alles wieder plemmplemm vergessen, obwohl das die öffentlichen Medien für einmal aufgegriffen hatten. Überhaupt ist ja das Gedächtnis-

---

[40] Heiliger Priapus schteh mir bei. Aber sexism sells.

vermögen der Katholiken (arm im Geiste, das ist wahr) denkbar kurz. Wenn Clemens August Kardinal Graf von Galen, den die katholische Kirche zum Widerstandskämpfer hochleugnet, 1936 in einem Telegramm an Werner Freiherr von Fritsch, den damaligen Oberbefehlshaber des Heeres im Dritten Reich, die Besetzung des seit dem Versailler Vertrag entmilitarisierten Rheinlands ausdrücklich begrüsst, so ist das kein Grund für den Vatikan, ihn nicht selig zu sprechen.[41]

Im Zuge des Seligsprechungsverfahrens (Ver-Fahren!) wurde das Grab Galens im Sommer 2005 übrigens geschändet. Nicht etwa von Gegnern. Die Kirche selbst war's und spricht von ‹geöffnet› und dass ‹Reliquien› entnommen worden seien, die nach der Seligsprechung in einer Reihe von Kirchen zur Verehrung niedergelegt worden seien.

Eklig? Taten des Mittelalters? Lange passé? – Wissen Sie, dass Blut von Johannes Paul dem II. durch Südamerika getragen wurde, um den Drogenkrieg zu beenden (Radio Vatikan, 10. August 2011)? Wie muss es in den Hirnen dieser Menschen aussehen?

Da geht auch die Logik auf, dass die Militärgeistlichen aufgrund ihrer besonderen Berufung durch ihre Anwesenheit und durch die pastorale Betreuung der Soldaten die Entwicklung eines gerechten Friedens fördern: Peng!

---

[41] Auch nicht, dass der Kardinal im September 1939 in einem Rundschreiben den Klerus wissen lässt: «Der Krieg, der 1919 [sic!] durch einen erzwungenen Gewaltfrieden äusserlich beendet wurde, ist aufs Neue ausgebrochen und hat unser Volk und Vaterland in seinen Bann gezogen. Wiederum sind unsere Männer und Jungmänner zum grossen Teil zu den Waffen gerufen und stehen im blutigen Kampf oder in ernster Entschlossenheit an den Grenzen auf der Wacht, um das Vaterland zu schirmen und unter Einsatz des Lebens einen Frieden der Freiheit und Gerechtigkeit für unser Volk zu erkämpfen.» / Leser, glaubst Du noch (den Kondomherren) oder denkst Du schon?

MILITÄRGEISTLICHE! BEI SOLDATEN!! DEN FRIE-
DEN FÖRDERN!!! (Botschaft von Papst Johannes Paul II.
an die Militärgeistlichen im Jahre 2003. PENG!)

Sie glauben immer noch an den Gott all dieser klerikalen
Spinner, die aus der Gewohnheit, sich selbst zu belügen,
das Recht ableiten, auch andere anzuführen: Be-FOLG!
Also, Sie glauben immer noch an den Gott dieser klerikalen Spinner? – Ei ja, Zwerge sehen überall Riesen ...[42]
Aber ich werfe Euch (hier) nicht viel vor: Das wäre Tausende Perlen vor die säuigen Untiere geworfen. Denn eigentlich würden die Anklagen ja Tausende von Bänden
füllen ... leider.

Und guter Rat ist teuer. Meiner kommt umsonst:[43]
Sucht doch mal wirklich Euer Inneres. Wenn sie in sich
gehen, fahren die meisten nämlich zur Hölle.

Aber hier, noch auf der Erde, ach, all die Bigottesdien-
ste:[44] Sie sagen, sie beteten für den Frieden, und dabei ist
die Kirche in Giftgasfabriken[45] involviert. Und der Pfar-

---

[42] Und von nix kommt nix. Drum sind so viele da.
[43] Fromme Wünsche? – Ne, lieber ganz profane.
[44] *Das einfache Schweizer Volk:* Ech be ganz bi Gott.
  Ich: Klar doch.
[45] Napalmsonntag? – Denn wissen Sie, wie die Welt funktioniert? So wie
kurz vor dem Zweiten Weltkrieg: Max Huber ist Präsident des Internatio
nalen Komitees vom Roten Kreuz. Er ist aber auch Aktieninhaber einer
Giftgasfabrik in Italien. Die Italiener verwenden im Abessinien-Krieg das
Giftgas dieser Fabrik. Als das Rote Kreuz darauf hingewiesen wird, und
es solle doch bittschön protestieren, geschieht nichts. / Denn, ei, warum,
warum? Ist da nicht das Giftgasbüberl an der Spitze des Roten Kreuzes?
Und so geht es immer, geht es seither, geht es weiter. Und wer ist schuld?
Wir, wir alle, die wir ein Stüfchen höher zu kommen glauben, finanziell oder
beruflich, die wir das System stützen, Deppen wählen, Kirchensteuern zahlen.

rer damals in meinem ehemaligen Wohnort geriet im Religionsunterricht ganz in Entzückung vor der grossen Vergebungslust Gottes und der Priester: «Der liebe Gott verzeiht.» Und dann aber, zu mir: «Du Sauhund, Verreckter!» Weil ich gewichst hätte, vor dem Altar? Nicht doch. Weil meine Eltern sich scheiden liessen. 1987. In der Schweiz. Nicht mal ins Firmlager durfte ich deswegen. Aber er hat seine Pfarrhilfe gebumst; nach der Pensionierung lebte er dann weiterhin mit ihr in einem Haushalt. Aber ER, nicht wahr, vergibt doch alles …

Alles, ja: alles … Das alles sei gar nicht so schlimm? Ich selber würde ja auch Welten erfinden, sie beschreiben und mich dabei glücklich fühlen, vielleicht sogar andere glücklich machen? – Ja, genau …; aber die Kirche, die hilft mit, wie gesagt, weil sie sagt, nur durch Gott könne die Welt untergehen, sie hilft also mit, die Kirche, die Welt zu zerstören. Mit ihren seltsamen Geschichten schafft sie nicht nur Traumgebilde, sondern auch Realitäten auf Erden. Millionen Autos mehr oder weniger? Egal. Fabriken: egal. Viel fliegen? Tun doch auch die Engel. Eine Atombombe? Ach, vielleicht, wenn es Gott so will … vielleicht auf Mekka?

Die Hohohoh-Priester also segnen Autos: Die Schrottgeweihten grüssen dich. Segnen einen Lift: Fahr hoch, fahr auf!

Die Kirche, die Gläubigen: gerieren sich als Gottes Höchstes, als Herrenrasse, konkurrieren die Welt zunichte, zum totalen Globozid, huldigen dem brutalsten Ego, aber reklamieren die Verletzung religiöser Gefühle, wenn ihnen mal einer was in die Fiesage gibt. Etwa, dass ihr Glauben zusammengeklaubt sei, ihr Bekenntnis zumeist Raffgier und das Göttliche nichts als ein Stück tierische Seife, sich nach schmutzigen Geschäften die Hände zu waschen.

Das Einzige aber, was die waschen oder waschen würden, hätten sie überhaupt die Chance, ist Geld. Im Haushalt rühren die meisten von denen keinen Finger. Höchstens die Faust. Ins Auge. Der Frau. Oder der Kinder. Der Mann, der Schöpfung Höchstes in der Kreaturenpyramide. Soll bestimmen über Weib und Kind.

Und wer dann der USA noch glaubt, egal unter welchem Präsidenten, die ja alle dazu stehen, dass sie ihre Entscheidungen DIREKT von Gott diktiert bekommen, denen sollte man wie der USA den Kopf mal waschen … Denn fack machen, falsch machen können sie so ja nichts … der Vietnam-Krieg? – Schon in Ordnung. Hat ja gute Filme gegeben. Hat die Bevökerungsexplosion in Asien etwas aufgehalten. Jaja.

Aber auch in Luzern, an Fronleichnam: All die Herrgottskanoniere. Kanonenschüsse schiessend vom Gütsch. Alle sind sie stolz, da für Gott hinzustehen, als Krieger Gottes … und würden in den Krieg ziehen, wenn Krieg das ist, was Kott will …

Solange aber rennen sie brav zu paramilitärischen Bodenbodenschiessvolksaufläufen, laufen auf, kleren auf, lassen sich aufkleren, von all den Klerikern, all den Pseudo-Aufklärikern, den Aufklerern … kleben da, Ärsche an Ärsche, und huldigen der heiligen Dreifältigkeit Militär-Polizei-Kirche …: Staat und Kirche: Man braucht doch nur fernzusehen, um zu erleben, wie man Kirchen und Kirchenführer hofiert, welchen Raum man ihnen gönnt – und welche Kommentare! Wie geht es da erst hinter den

Kulissen zu … Wenn der Abt des Klosters Einsiedeln eingeladen wird zur Rive-Reine-Konferenz, was spricht er da mit seinen Schäfchen? Von fetten Weiden und grünem Leben?

Denn Kirche und Staat, Schlächter und Segner, gehen schon lange Hand in Hand: Papst Pius X. zum Beispiel, rabiat antislawisch, hat Österreich geradezu in den Ersten Weltkrieg geklatscht und gebetet. Und auch Kardinalstaatssekretär Merry del Val hoffte unmittelbar vor Ausbruch des Infernos, die Monarchie werde, wörtlich, «bis zum Äussersten gehen». Dafür gibt es eindeutige Dokumente. Und Tausende und Abertausende von Brechreiz erregenden «Feldpredigten» hetzten bald, röhrten förmlich vor Kriegsbrunst, vor Mordrausch. Sie feierten das millionenhafte Krepieren als «Völkerfrühling» und «Pfingststurm», nannten das Kugelsausen «Messgesang», die Kanonen «Sprachrohre der rufenden Gnade», den Schützengraben «Grotte von Gethsemane», das Schlachtfeld «Golgatha», den Augenblick des Schlachtens «la minute divine».

Das einfache Schweizer Volk: Aber im Zweiten grossen Krieg, mit dem bösen bösen Hitler, da war die Kirche auf der richtigen Seite, oder?
Ich: Hah! Seid Ihr blöd? Das hatten wir doch schon! Zuerst hat das Papsttum nämlich alle faschistischen Banden, in Italien, Deutschland, Spanien, die allerscheusslichsten in Kroatien, von Anfang an unterstützt und mit an die Macht gebracht. Und zu Beginn des Zweiten Weltkriegs drohte Pius XII. den «Millionen Katholiken in den deutschen Heeren»: «Sie haben geschworen, sie müs-

sen gehorsam sein.» Er hämmerte ihnen ein, dass der «Führer» das legale Oberhaupt der Deutschen sei und jeder sündige, der ihm den Gehorsam verweigere. Und dieser Papst brachte, noch mitten im Krieg, nicht nur wärmste Sympathie für Deutschland zum Ausdruck, sondern auch, wörtlich, «Bewunderung grosser Eigenschaften des Führers». Ja, er lässt diesem gleich durch zwei Nuntien übermitteln, er wünsche, wiederum im Wortlaut, «dem Führer nichts sehnlicher als einen Sieg»!

Aber zu GogohKott und dem Staat in der CH: Als die schweizerische Bundesverfassung überarbeitet wurde, 1999, wurde auch die Präambel neu formuliert. Sie beginnt nach wie vor mit «Im Namen Kottes!» Hugo Loetscher schlug wenigstens vor: «Im Namen der Revision».

Jaaaaah, da habt ihr ihn wieder, euren Kott! Und die Kirche soll keine Macht mehr haben?

Das einfache Schweizer Volk: Aber mein lieber Herr. Gott gibt es. Das kann man doch beweisen.
Ich: Aha …
Das einfache Schweizer Volk: Aber sicher, aber sicher. Denn wenn Gott nicht existieren würde, wer hat dann die Bibel geschrieben?[46]
Ich: Da hört, wirklich, da hört doch alles auf: PENG!

…

Nein, leider beginnt da alles. Menschen, die so denken, lassen auch alles Folgende gutgläubig zu: ES ERSCHEINT ZWISCHEN DEN ZEILEN DIE IMAGO VON GABRIELE AMORTH

[46] https://www.youtube.com/watch?v=BJThyEXizdA

Das einfache Schweizer Volk: Aaaaaaaaaaaaah – die Teufels-fratze!

Ich: Nein.

Das einfache Schweizer Volk: … Sorry, war nicht so ge-meint. Hm, ein alter Mann im Pflegheim?

Ich: Nein … Meine Damen und Herren: Meet Pater Gab-riele Amorth,[47] Chef-Exorzist im Vatikan.

Pater Gabriele Amorth: Die Missbrauchsfälle in der katho-lischen Kirche sind ein Beleg dafür, dass Satan im Vati-kan sein Unwesen treibt.[48] Auch bei der Bluttat in der Schweizer Garde vor einigen Jahren hat er seine Hand im Spiel gehabt.

Der 85-jährige Pater Gabriele Amorth ist seit 25 Jahren der Chef-Exorzist der Diözese Rom und damit auch des Vatikans. In dieser Zeit hatte er nach eigenen Angaben mit mehr als 70'000 Fällen[49] von Besessenheit zu tun. Und jetzt also übe Satan seinen Einfluss bis in höchste Kreise aus, es gebe «Kardinäle, die nicht an Jesus glauben, oder Bischöfe, die mit dem Dämon im Bunde stehen».

Kann ich verstehen; heisst dann wohl ‹Opportunis-mus›.

Der Pahter aber weiter: «Der Rauch Satans ist in die Kirche eingedrungen», zitiert er den 1978 verstorbenen Papst Paul VI. und verweist als Beleg auf die neuesten Enthüllungen über «Gewalt und Pädophilie», wie etwa

---

[47] Gabriele Amorth: Engel des Todes?

[48] Wo denn sonst? Er muss es ja da tun, wo man an ihn glaubt. Und wenn es Gott nicht gibt, wer hat dann Satan gemacht? Häh?!

[49] Ich selbst hab's mit über fünf Milliarden Besessenen zu tun: allen ir-gendwie Jenseits-Gläubigen.

die Missbrauchsfälle in katholischen Institutionen in Deutschland.

Mein Über-Ich: Jetzt ist aber genug! So entschuldigt man also all die Taten. Man müsste ihm die Fresse polieren, als wäre der Teufel in einen gefahren. Danach würde man brav beichten gehen, und dann wär's ja wieder gut. Etwas Kleingeld für den Opferstock noch, sicher.

…

Das Attentat auf Johannes Paul II. 1981 sei ebenso ein Werk des Teufels gewesen wie der Angriff einer geistig verwirrten, in der Schweiz lebenden Frau auf den Papst zu Beginn der Mitternachtsmesse während eines Weihnachtsfestes.

…

Fast möchte man in ein höllisches Hohngelächter ausbrechen, bei dem Höllenvorgang – aber es vergeht einem ja bei der Feststellung, dass man selbst betroffen ist, getroffen.

Wozu auch: Sie haben ja einen tollen Trick herausgearbeitet: Verantwortlich sind sie nur vor Gott. Und den sehen sie erst nach dem Tod.

Toll, nicht?

Bisdumm

Goldschlägerhäutchen. Nie gehört. Dummköpfe.

Vox populi, vox Dei. Genau!

Und dann noch DAS:

«Der Teufel ergreift von immer mehr Leuten Besitz. Dieser Glaube kursiert in den Reihen vieler Katholiken. Die Folge: Exorzismen boomen. Laut Religionsexperten ist für diesen Trend Papst Franziskus verantwortlich, der im vergangenen Jahr die Vereinigung der Exorzisten offiziell als private rechtsfähige Gesellschaft anerkannt hat. ‹Der Papst spricht ständig vom Teufel und hat sicherlich das Bewusstsein dafür geschärft›, sagt Cesare Truqui, mexikanisch-stämmiger Priester der Diözese Chur, im Interview mit der britischen Zeitung ‹The Telegraph›.

Der zum Exorzist ausgebildete Pater sagt, er habe schon an rund hundert Exorzismen teilgenommen. Zu den Symptomen, die eine Dämonenaustreibung erforderlich machen würden, gehöre unter anderem obsessives Verhalten. ‹Ich haben eine Frau behandelt, die sich acht Stunden pro Tag die Haare kämmte, und einen Mann, der täglich unzählige Male masturbierte.›

Truqui sagt, er könne unterscheiden, ob jemand an einer psychischen Störung leide oder von Dämonen besessen sei. Wenn Leute ‹plötzlich eine alte Sprache sprechen, unvermutet übernatürliche Kräfte haben oder gar schweben können›, dann seien das klassische Zeichen, dass böse Kräfte am Werk sind.

Der Churer Priester besucht derzeit eine Exorzismus-Konferenz an der päpstlichen Universität Regina Apostolorum in Rom. Daran nehmen rund 160 Geistliche aus der ganzen Welt teil, die alle überzeugt sind, dass Menschen vermehrt im Griff des Bösen sind. Dämonen sollen schuld sein an Pornografie, Drogen und Okkultismus.

Innert weniger Jahre ist offenbar die Anzahl der Exorzismen in Ländern wie Spanien, Grossbritannien und Italien geradezu explodiert, wie der ‹Telegraph› schreibt. Entsprechend steigt der Bedarf an ausgebildeten Exorzisten. In der Diözese von Mailand etwa gab es bis vor Kurzem fünf darauf spezialisierte Priester – heute sind es zwölf. In der Diözese von Rom soll gar jeder dritte Telefonanruf, den katholische Offizielle erhalten, eine Anfrage zum Exorzismus sein.» (20 Minuten, 16. April 2015)

Ach, es reicht; hier noch einige Christenschädel einschlagende (deren Köpfe sind leicht zu beeindrucken) Denksteine:

Die Kirche wird offener?
«Für ihre barbusige Protestaktion auf dem Petersplatz in Rom ist eine Aktivistin der ukrainischen Frauenprotestgruppe Femen festgenommen worden. Die Frau sei am ersten Weihnachtstag in die Krippe eingebrochen und habe die Statue des Jesuskindes stehlen wollen, teilte der Vatikan am Freitag mit. Sie wurde demnach sofort verhaftet und soll einem Richter vorgeführt werden. Es ist die bislang schärfste Reaktion des Vatikans auf Femen-Proteste. Mit dieser Aktion seien die religiösen Gefühle unzähliger Menschen verletzt worden, sagte Vatikansprecher Federico Lombardi. Es sei richtig, dies mit angemessener Härte zu bestrafen, sagte er.» – Mit dem Läuten von Kirchenglocken werden die areligiösen Gefühle unzähliger Menschen verletzt und die Ohren der ruhsamen Stille beraubt. Das ist mit angemessener Härte zu bestrafen: Die Kirchen und ihre Anführer sind als kriminelle Institutionen bzw. Drahtzieher vor den Weltgerichtshof zu bringen.
Das einfache Schweizer Volk: Das ist doch nicht das Gleiche!

Gott: Nein, die Kirchen haben auch noch Millionen von Menschen umgebracht, in den Kreuzzügen, im Zweiten Weltkrieg…

ER, der alles sehet: Gott's noh? Auf Dich hetz ich die Dominikaner: Domini canes. Die höllenbübischen Blutshunde des Herrn, die höllenhimmlischen hündischen Blutsbestien des Herrn!
Ich: Jaja.

Denn wie sagt der VolksMUND: Wer leichter glaubt, wird schwerer klug.

Aber Gott sieht alles und vERzeiht; kein Schreien nach Vergeld-tung…[50]

Denn was hat Rudy Giuliani, der damalige Bürgermeister von New York, nach den Anschlägen auf die Twin Towers den Bürgern zur Aufmunterung gesagt? – : Geht shoppen!

Das unternehmerische Denken hat das aufklärerische abgelöst, bereits in der Schule.

Aber eine Kluft zwischen Idealen und der Wirklichkeit heisst nicht, dass die Ideale versagt haben.

Der Wohlstand macht dumpf und träge. Ideen von einer gerechteren, menschlicheren Welt geraten aus dem Blick.

---

[50] Die Aufklärung hat – nochmals – versagt: Alle haben mehr Zeit (weniger Arbeitsstunden) und mehr Geld. Und was machen sie damit? Folgen einem konservativen Lebensplan, kleiden sich aber wie ihre pubertierenden Töchter und Söhne!

Immer ein Smartphone vor den Augen. Reife aber wäre, sich zu bemühen, Ideale in die Realität zu übersetzen.

Christen, Moslems, Juden – alles dasselbe: Es gibt mehr fundamentale Widersprüche zwischen einem Muslim und einem agnostischen Laizisten als zwischen einem Muslim und einem Christen.

Ach, Schluss! Nur ein paar Gegenargumente noch:
a) Habe ich als Kind schon immer gefragt: Wenn Gott uns gemacht hat, wer hat dann Gott gemacht? / b) Wenn Gott die Menschen erleuchtete (also dass sie nicht erst heute gewisse Dinge von ihm verstehen können, sondern schon immer), man die Regeln der Kirche aber immer wieder ändert und die Ansichten: warum? / c) Im Gegenteil ist die Kirche 1) ein wenig wie die Marktwirtschaft: sie passt sich den Menschen an; 2) lockt sie aber auch wie der Markt mit Neuem (Schoggihase, Füüüfliiber); 3) Weil sie alle notorisch verklemmt sind, die Regelmacher, geben sie die immer hinterherhinkenden Freiheiten eben erst frei, wenn es ihrer so genannten Moral nicht mehr widerspricht.
   Das Hirn eines Gläubigen ist einfach defekt.

Gläubige: Tiefer kann man in kein Arschloch kriechen. (Alles modern, aber bei Glauben und Alternativheilungs-methoden alten Chabis glauben [TCM verbraucht jährlich 500 kg Bärengalle].)

Meine wahren Leidgenossen, meine tatsächlich geistigen Brüder und Schwestern:

Carl Améry

Karlheinz Deschner

Heinrich Heine

Georg Christoph Lichtenberg

«Schau da! Mein ewiges Heil scheint gar inniglich dich zu bekümmern; – Dass mich hier hungert und friert, das übersiehst du, du Wicht!» *Carl Albert Loosli*

Arno Schmidt

Hans Wollschläger

Kleist, sagt man, und er ist ihnen «spannend»; «ich liebe so ungewöhnliche Menschen.» Dass sein Leben aber ihretwegen/ihresgleichenwegen so schlimm war, empfinden sie nicht und treiben die heutigen in den Tod. Sind der Tod des Denkens, Fühlens.

Das einfache Schweizer Volk: Aber will da einer die ganze Literatur für sich pachten, he, Bürschchen? Er macht immer alles richtig?!

Was sagt Ihr da im Halbmunkeln?

Denn: Franz von Assisi, der Gute? Der Mann, der sich gelegentlich rührend für die Schonung eines Lamms oder eines Hasen, Vogels oder Fisches verwenden konnte, der angeblich einen Wolf zu zähmen vermochte, dieser Mann hat die von seiner Kirche angezettelten Schlächtereien (Kreuzzüge!) nie missbilligt!

Staat und Kirche prüfen doch im Geheimen schon lange wieder die Daumenschrauben, schichten in Gedanken die Scheiterhaufen auf. Wir werden's noch sehen. Wir erwarten's nur nicht mehr.

In Frankreich (FrackREICH) gehen Katholiken mit Neonazis offen gegen Schwule vor. Nur einzelne? Die Kirche aber unternimmt nichts. Oh ja, sie würden brennen, die Schwulen, könnte die Kirche, wie sie wollte.

Denn es gibt verschiedene Formen des Giftbechers für Unruhestifter wie mich: Es fängt beim Spott an, bei der Verachtung, dem wirtschaftlichen Boykott, und geht bis zur Verfolgung und Hinrichtung.

Und der Jüngling in Hippie-Uniform, make love not war, «aber den Lehrer haben wir im Franz so richtig fertig gemacht.» Love everybody.

Die Jugend diskriminiert das Alter. Eben so. Die alten die Jungen (etwa indem sie das Bedingungslose Grundeinkommen ablehnen: «Wenn wir arbeiten mussten, sollen die auch!»)

Ihre Besoffenbarungen sind ihnen HEILig.

Aber auch hier: Alles Geldi-Geldi:
Auf die Frage der Moderatorin, wieviel Geld, das man der Kirche spendet, denn nun tatsächlich ins ‹Soziale› fliesse:

Die Kirchen selber – wenn Sie jetzt unter ‹Soziales› alles einrechnen, auch Telefonseelsorge, Eheberatung, Schwangerschaftsberatung und die Verwaltungskosten – dann kann man bis 20% gehen, denke ich. In einer Sozialstation nehme ich an, ist es im Schnitt, wie Sie gesagt haben: 12%. Nur hier sollte man etwas unterscheiden – es ist zwar kurz angesprochen worden –, aber einfach damit man sich darüber klar ist: Mehr als die Hälfte allen Geldes, das durch kirchliche Verantwortung läuft, kommt nicht aus der Kirchensteuer, sondern das zahlen alle – ob es jetzt Moslems oder Juden sind, und zwar von denen, die Steuern zahlen, jeder etwa 100 Franken im Monat. Das kommt zustande durch drei Dinge: durch die Staatsleistungen – das sind die Ablösungen von alten Gebieten, die die Kirche hatte (von 1803 her). Dann durch Subventionen (z. B. für Denkmalpflege oder den Religionsunterricht, für Theologieprofessoren usw.). Dazu gehört natürlich auch kirchliches Vermögen, das sie meist ungerechtfertigt besitzen. Dann Spenden und noch die Kirchensteuer. Das Meiste geht an den Apparat.

Das aber REICHt dann! Schluss!

Eine Lachsalve – ein Zwischenkapitel zwischen Trauer und Lachtod

Wer sich nicht schieflacht, weint sich krumm. Und stirbt den grausamen Krummtod, halb Lachkrampf, halb Tollwut…

Aber immerhin:
Spass mit meinem Hirn. Eine Autorbiographie.
Im Abfallbergeland
Ein ganz bewusst moralisierendes Märchen
Es war einmal in einem fernen Land, da wohnten die Leute alle in eigenen kleinen Häuschen. Die Häuschen waren sehr schön, denn die Leute achteten darauf, dass bei ihnen alles ganz sauber war. Nur auf den Strassen und in der Natur, da warfen sie alles achtlos weg, was sie nicht mehr brauchen wollten. Niemand fühlte sich dort verantwortlich oder entfernte den Abfall. Eines Morgens aber wachten die Leute auf und konnten nicht mehr zur Türe hinaustreten. Der achtlos weggeworfene Abfall, der sich langsam in riesigen Haufen angesammelt hatte, war über Nacht

durch einen leichten Erdstoss umgefallen. Überall
lag er herum, drang bis in die Häuschen ein und bedeckte
die Felder, sodass die Leute fast nichts mehr
zu essen besassen. Erstaunt fragten sie sich, wer ihnen
denn dies angetan habe, bis sie merken mussten,
dass sie es selbst gewesen waren. Wirklich schlimm
für die Leute jedoch war, dass jetzt, wo sie den Fehler
eingesehen hatten, der Abfall kaum entfernt werden
konnte, da alle in ihren Häuschen gefangen waren.
Eine ganze Weile hungernd kamen sie endlich auf
die Idee, den Abfall möglichst schnell richtig zu entsorgen,
noch aus den Häuschen heraus. Einiges liess
sich in den Kaminen verbrennen, das war einfach.
Anderes mussten sie mühsam in den verschiedenen
Räumen ihrer Häuschen bearbeiten, um es irgendwie
wieder zu verwenden, weil es unzerstörbar war.
Noch weitere Dinge stapelte man mit der Zeit an bereits zurückgewonnenen Orten sicher aufeinander,
bis man wusste, was man damit zu machen hatte
und auch, um Platz zu schaffen. Nach langer Mühe
konnten die Bewohner des Landes endlich wieder
Gemüse pflanzen, die Tiere aufs Feld lassen und die
Äcker bearbeiten. Der grosse Hunger während jener
Zeit hatte sie gelehrt, den Abfall künftig möglichst zu
entsorgen. So sieht man in diesem Lande heute nur
ab und zu noch einige kleinere Haufen Abfall, die seit
damals bestehen, weil die Leute gewisse Materialien
noch nicht richtig zu verarbeiten gelernt haben. Diese
Haufen aber werden immer kleiner, und irgendwann,
wer weiss, gibt es in jenem Land dann wirklich gar
keine Abfallberge mehr.

Schön, nicht. Aber ohne Bildung nie zu erreichen. Und wie die SVP Bildung aufgesogen hat, zeigt dieses Plakat:

(Plakat vom April 2016, auf Facebook)

Na, das Fehlerchen gefunden? Und sowas traut sich, was zur Schule zu sagen!

Gegen die totalitären Versuchungen/Verseuchungen des 21. Jahrhunderts.

Würden besser doch polemisieren gegen das Militär.

Wer's nicht weiss:
Hierzuland wird die Wehrpflicht immer noch als eine der tragenden Säulen der Schweizer Demokratie betrachtet, der eine eminent wichtige gesellschaftsbildende Funktion zukomme. Tut ihr ja auch. Die Erziehung zur Gewalt, zum Tod, zum absoluten Gehorsam gegenüber idiotischen Schreihälsen.

Oder also als GmbH: Genossen mit beschränkter Hirntätigkeit.

Denn ver*heer*end, woher soll das kommen, häh? Euer Heer-würden? Euer Verhörwürden?

He-he-he-heer-heer sich des mal einer an, wie die knallen und bumsen, mit ihren *totalsten* Waffen – ihre Sprache war schon immer verräterisch, den sicher-sicher-sichersten Bunkern, wo sie bunkern: was ausser sich selbst?

Denn Stichwort Atomtod. Wie kann ein politisches System, das es nicht schafft, die einfachsten Probleme dauernd zu lösen, wie kann so ein System sich derart sicher sein, die Verantwortung übernehmen zu können für Atomkraftwerke und deren Sondermüll für die nächsten Tausende von Jahren? Oder sind auch das nur leere Versprechen, mit einem Denken des *Après nous le déluge*? Hauptsache heute und jetzt deluxe.

Aber Warner werden im gesellschaftlichen Diskurs immer wieder in eine Aussenseiterposition gedrängt. Ach, geh, das kann doch nicht so schlimm sein. – Nein, vermutlich ist alles viel schlimmer.

Endlager, nennen sie, was nie und nimmer das Ende des Problems ist. Eher eine Endlösung, bald, statt damals, aber jetzt für alle auf der Welt. Für die Welt. Wenn das alles mal hochgeht. In die Luft geht. Das Ende für den Erdball. Aber ein Spiel ist es noch lange nicht. Aus wird es sein, aus!

Und wer erst die Wahrheit sagt, jetzt und hier? Wird meist erschossen. Oder verprügelt. Oder ausgehungert, bekommt keine Aufträge mehr.

Ne, alles eine Atombola: Pechspiel um atomare Abfälle. Und schuldig ist, wer nicht zahlen kann (vor Gericht). Ihre Tunnelvision mit dem Geldstück am Ende. Im Licht. Die

Vögel haben schon recht, dass sie sich ob der Schrecken in Menschengestalt fürchten. Vogelscheuchen. Es könnten diese ganz gut das sein, was die meisten von uns eh sind: seelenlose Automaten.

Militär allerorts: Sie tun ihre Pflicht, diese Krämerseelen. Ihr Zauberwort ist es – Pflicht –, für das sie Menschen töten, zu Monstren werden: «Aber ich musste es tun, ich musste!» Dass man sich aber zuvor in einer Demokratie die Regierung gewählt hat, die man hat, das klammern sie aus. Wo, ach wo, ist die Hilffeee?!

Aber was wären alle diese Feinde, diese bleichen, blutlosen Menschen, wenn ich ihnen hier kein Leben gäbe und ein Dasein. Nur durch diese Erwähnung und Millionen Erwähnungen in den Kunstwerken anderer sind sie etwas. Sonst wüsste man ja nichts mehr von ihnen. Im alten Rom, dem Schlächterhaus der Antike. Wie kann man nur ein Kreuz zum Symbol wählen, das vorher so missbraucht wurde. Deppen!

Und bei Michael Moore nennen sie's manipulativ. Aber der Staat darf fälschen und vorenthalten, wie er will. Fichen ahoi. Es soll nie mehr geschehen. Never say never. 2009 gibt es bereits wieder zehntausende Fichen!! (Und man muss belegen, warum man denke, man sei drin! Gleich als Beweis nehmen sie das … und dummblöd ist es doch!)
    Aber: Es beSTAAT kei Grond zor Beunruhigung … Uufregig etc.

    Ah, tu nich so …

Jajajajaja, tu nicht so: gegen R. B. und U. B. (zu klein, um genannt zu werden mit vollem Namen) und Konsorten-Kohorten. Du verbaust Dir deine Karriere! Karriere? Was soll das? Ich bin glücklich, wenn ich lesen kann, wenn ich in der Natur bin. Dann, wenn viele im Büro ihren Wünschen nacheilen, die davoneilen.

An eine Rakete gebunden und zu den Sternchen geschickt: Dann hat er endlich seinen kometenhaften Aufstieg. (Hoden-Luft-Rakete)

Wo stösst die Erde an ihre Grenzen?
Zerstörung der Ozonschicht,[51] Verbrauch der Süsswasserreserven, Nutzung der Landfläche, Übersäuerung der Ozeane, chemische Verschmutzung, Luftbelastung durch Aerosole …
Stickstoffbelastung
Rückgang der Biodiversität
Ausstoss von Treibhausgasen
Die Ozeane verdampfen, durchdampfen, Titanic
Rächt hesch, schwiige setsch: Jo, genau!

Aber dann schäme ich mich: Eine Welt, in der Hitler bekannter ist als Goethe, hat nichts Besseres verdient als unterzugehen. Und vorher – so scheint's – tiefer und tiefer zu sinken.

Aber dass der Gröfaz die Autobahnen erstmals weitläufig plante und baute, scheint heute irgendwie – zu ‹stimmen› (auch wenn's nicht stimmt).

---

[51] Nicht mal das rührt die Menscherl aus ihrer Spray-Döse.

Denn hast Du die geilen Bauchmuskeln gesehen? Peng!

Und schäme mich vor Kurt Hiller. Und Hans Henny Jahnn. Und Peter Rühmkorf. Und Karlheinz Deschner. Und Bernard Shaw. Und und und.

Dazu ein Zwischenwort: Oh weh! Plagiate? Den kriegen wir dran! Alles nicht echt. Alles nicht von ihm. Aber wenn man es Euch doch seit 3000 Jahren sagt, und meist besser als ich, warum soll ich mir nicht für den Text an Euch nehmen, was passt?!

Komm ich an un/gewollten Wiederholungen eh nicht vorbei! Ich ging aus fremdem Munde hervor. Ich ging aus meinem Munde hervor. Ich gehe aus meinem Munde hervor. Sie gehen aus meinem Munde hervor.

Also weiter:
Aufgabe der Utopie um der Realität willen? Das Leben als Prozess, der wegen Geringfügigkeit eingestellt wird.

Plakate: Ich YB dich. Ich iiiib dich. Ich Hieb dich.
Ja, aber wenn Du nicht zur YB-Meute gehörst, oder welcher auch immer, schlagen sie dich wund – im Bund.
Wusch. Wischiwaschi. Weiter: Wie schreibt man Umsatz? Sie können's auf jeden Fall eher als richtige Sätze.
Die Nazi-nalräte.
Die buntes Raten.
Rate ich Dir. Ratte bin ich Dir. Am liebsten würdet Ihr mich auslöschen. Weil ich störe. Den Ablauf. Den Ablauf der Welt. Die ohne mich aber eher zu Ende sein wird. Weil da keiner ist, der da wenigstens einige dran hindert, jeden Tag zu fahrrrrreeeeeeeen …

Und in der Strassenbahn: Die Sendung gestern war toll, so geil, der Streifen war voll geil. WISCH.
Das Hotel hatte nicht mal elektrisch beheizte Bettdecken. WISCH.
Blam. Peng. Bum. PENG.

Warum auf etwas verzichten (Pelze), wenn ich darin gut aussehe? Das Ungewissen der Eitlen, die allüberall sind…, sich breitmachen, alles verseuchen.

Null Promille für Jäger gefordert, wenn sie auf der Jagd sind: Ja, ist denn das noch nicht so!? (Einen Fluch auf jeden, der nicht mit den Zähnen geknirscht hat, dass DEM noch nicht so ist!)

Und sowieso:
Mehr als die Hälfte aller Schweizer glaubt an Hexen oder Engel: Wahrlich, die wird noch lange Mittelalter sein…

Und Zehntausende sind sich nicht zu ruchlos, sich zu entsetzen über einen Krieg in Asien, Afrika, Arabien; doch wenn es darum geht, den Waffenexport zu stoppen: Aber wir blauchen das Geld; wixtige Exporrtgü-ü-üter. Geschweige denn zu demonstrieren für eine Welt ohne Waffen. Oh Dott, wie sensibel. (Diese Minenträumer)
    Und Granatsplitter aus dem Zweiten Weltkrieg, oh, vielleicht haben sie sogar einen bösen Deutschen gekillt, den Magen aufgeschlitzt, dass er beim panischen Weglaufen auf die eigenen herausfallenden Därme gestolpert ist und unter furchtbaren Qualen abkratzte, diese Splitter kann man für bis zu 600 Euro kaufen. Geil, nicht? Die Kugel, die Hitler killte? Oh, mei, unbezahlbar!

Gott hat die Menschen gemacht? Ja, sie scheinen ganz danach.

Bei Metal-Bands sind Kreuze Missbrauch, aber auf Panzern nicht.

DARAN SOLLT IHR SE ERKENNEN!

ODER DARAN:

ABSURDITÄT DER WOCHE

Gemäss der kapitalistischen Devise «Bezahle oder stirb» wird der Schweizer Blutspendedienst infolge ausstehender Rechnungen von rund 5 Millionen Franken zukünftig nur noch halb so viele Blutkonserven wie bisher nach Griechenland schicken, obwohl diese dort dringendst benötigt werden. Und das, während schätzungsweise rund 24 Milliarden Franken unversteuerte Fluchtgelder aus Griechenland auf Schweizer Banken liegen.

... mehr Absurditäten im Buch «Zeit für eine andere Welt – Warum der Kapitalismus keine Zukunft hat»

Die Massenunternehmen und -Gesellschaften haben nur durch unser aller Versicherungs- und Absicherungsmanie entstehen können. Wir alle haben zu der riesigen Kapitalkumulation mit unseren Scherflein beigetragen.

Und Pensionskassen, um die Altersvorsorge ihrer Mitglieder zu sichern, legen ihr Kapital gerade auch in jenen lukrativen Hedgefonds an, die auf Währungsspekulationen spezialisiert sind.

Ihre Unhinterfragtheit zeigt die Übernahme aller Geldeswerte (Dürrenmatt: Wie kann sich eine Gesellschaft auf Werte berufen, wenn man selber nur noch Waren hervorbringt?)

Es müsste schon lange S.O.M. heissen: Save our Money!
– schreit der Zeremoneymeister ...

Neoliberalismus.[52] Heisst immer mehr: keine Alternativen.
Nichts Neues im Immergleichen, Immerselben gewollt.

Dabei sind ‹Regulierungen› (oh böse, böse schreit der
Neoliberalismus!) nicht gleich Interventionen: Denn nur
durch Regulierungen entsteht ja überhaupt ein Markt,
kann Geld Wert haben! Sie verwenden's aber wie immer:
passt es, dann: gut; wenn nicht: schlecht, schlecht!!

Freie Marktwirtschaft hat den Markt befreit, nicht die
Menschen.

«Interventionismus» an den Kopf geschleudert, wenn
man etwas zu ändern versucht. Aber es gäbe immer Alternativen!

Statt dessen nun: ‹Unvermeidbare Volativitäten›. Was
auch heissen kann: Kollateral-Schäden.

Höhnisch das Wort; was es meint: Menschenleben,
ganze Buchten wegen Ölschäden von Ölplattformen, plötzlich ganz Griechenland ein Kollateralschaden der Marktwirtschaft und wann die ganze Welt?

Ja, Aufklärung ist schon lange noch nicht.

Kant, Praktische Vernunft: zu tun, was man kann, weil
man es soll ... Hohn!

---

[52] Sogar Big Ben soll den Klöppel halten. Die grosse Glocke im Uhrturm
des Westminster Palace in London, in dem das britische Parlament tagt,
musste während der Trauerfeier für die verstorbene Ex-Premierministe-
rin UND GRAUSE NEOKAPITALISTIN Margaret Thatcher verstum-
men (2013). Big Ben, deren Schlag weltberühmt ist, hatte letztmals bei der
Beisetzung von Winston Churchill 1965 geschwiegen. Die Abdankung des
Kriegspremiers war ein Staatsbegräbnis. IMMER MEHR SEHET EIN,
FÜR WEN DIE STUNDE NICHT SCHLAGEN SOLL.

Dabei ist Marktwirtschaft nicht kompliziert: Gier ist nicht kompliziert. Ausbeutung ist nicht kompliziert.

Neugier? Eher die alte Gier aufs Ewiggleiche.

Verantwortung wird abgeschoben: Abzocker seien schuld etc.; aber jeder will auf dem Markt und an der Börse seinen Schnitt machen, Geldi-Geldi holen, eine Stufe höher steigen (APPzocken sich doch selber) …

Dass der Schuldige immer der andere ist, scheint eine anthropologische Konstante zu sein.

Oder bin ich einfach nur blöd? Soll ich der Menschheit viel eher das gönnen, was ihr zukommt, besser gesagt: worauf sie sowieso zusteuert: also zuerst Reisanbau im Rhonetal, abschmelzende Polkappen, holländische Massenflucht nach Madagaskar, dann abdriftender Golfstrom gen Südhalbkugel, wodurch Europa alsdann vereist und die von Restwärme kaum noch angewärmten Nordkugelbewohner, samt allen Asylanten, zurück in die knallvollen Subtropen drängen; mag die SVP mit ihren Lastwägen und Traktoren auch noch den Gotthardtunnel aufzuheizen versuchen für ihresgleichen, die Stehmumien.

Gott, Gott, wo ist er? – Aber in ihrer Logik lässt sich auch das erklären: Gott ist nicht etwa tot; er hat nur keinen Parkplatz gefunden!

Da kann Pfarrer Staub in der Wasserkirche in Zürich auch Funfliber statt Oblaten verteilen: Der Korpus Christi, also der Gott, ist schon lange das Geld. Staub versinnbildlicht das nur wunderherrlich. Wer's da noch nicht schnallt, soll sich am besten von dieser Welt verpfeifen.

Ich pfeif, ich pfeif, ich pfeif vor mich hin, ich pfeif auf alles, so wie die Vögel – und darum schimpfen mich die Christen einen Nihilisten.

Wie schlimm es um die Schweiz steht, deckt auch die Migros auf: Dass die Migros Milchwerbefilme schon in Neuseeland drehen lassen muss, weil hier in der Schweiz alles überbaut ist (sonst lassen sie es retouschieren), kümmert die nicht, die lieber alle Fremden draussen haben wollen aus einem Land, das dann zur Hölle gehen darf, Hauptsache, man geht rassenrein zur Hölle.

Und sie blasen Laub von den Wegen im Wald. Im Wald! Es zeigt, wofür sie es halten: einen Park, um sich nett zu erholen, aber immer alles im Griff, nie die ‹Natur› gewähren lassen, man kann die ja zurückstutzen. WIR HATTEN ES SCHON.

«Ich war ein Tag in der Natur» – und meint doch nur – abgesehen vom falschen Fall – ein Skifahren auf der beschneiten Piste, mit dem Sessellift hoch, runter die Piste vom Pistenfahrzeug geplättet, in der Alpenbeiz mit zighunderten Anderen, die auch mit dem Auto dort waren. Aus.

AUS!

Hm, zuerst ein Löffelchen Wasser für meine Pflanze.

Und die Einsicht: ICH FUHR SCHON OFFROAD, ALS
ES DAS GAR NOCH NICHT GAB: MIT DEM FAHR-
RAD. Und sowieso: Get the Fuck off the Road!

«Wotsch en Chlapf?», fragt Mobility. Und sollte eigentlich fragen: Arbeitet Ihr alle auf den grossen Knall hin?!
Denn selbst die *Autos mit Elektroantrieb sind nicht besser
für die Umwelt als solche, die mit Benzin oder Diesel fahren
(wenn man alles einrechnet, auch die Produktion etc.). Dies
zeigt eine neue Studie des Bundesamtes zur Gewissensberuhigung,*[53] *auch bekannt unter dem Namen* Bundesamt für Umwelt:

Also dürfen wir ruhig in den Benzinkarossen weiter-
röcheln. Statt sich zu sagen: Dann beides nicht: Weniger
Verkehr! Aber erSTAUnlicherweise nehmen immer wie-

---

[53] Gewissensberuhigung: «Eure Pause verändert die Welt. Wer bei
McCafé Kaffee trinkt, unterstützt den fairen Handel und den nachhalti-
gen Anbau.» Also dass die armen Negerlein oder wer auch immer was zu
tun haben. Sollen uns gefälligst dankbar sein, dass wir *ihren* Kaffee saufen!

der sehr viele das Auto, jeden Tag. Ich mag Menschen nicht, deren wichtigstes Erlebnis es war, einmal sagenhafte acht Stunden im Stau gestanden zu sein.

Auch hier: Das Leben EINZELLEner wird mit Medikamenten verlängert, aber das gesamte Menschengeschlecht treibt auf dem Planeten, den Naturforscher und Ökonomen ausgebeutet haben, seinem Untergang zu, indem es über Gefahren, mit denen die malträtierte Natur sich wehrt, perfekter als je zuvor verblendet wird. Alles ein Weltmuntergang – auch der PhARMADAindustrie.

Eine KauFRAUschdiktatur, die in ihrer Werbung alles beherrscht, ausser der Sprache. (Werbung nach dem Motto: Wer den Furz zuerst gerochen, dem ist er aus dem Arsch gekrochen …):

«Bleiben die Malediven nach Ihrer Pensionierung in REICHweite?» (Plakat 2012)[54]

«Beziehung beendet? Wir kaufen Ihren Schmuck. (Goldpreis auf Rekordhoch!)» (Plakat 2012)

«Kann ich mir eine neue Handtasche gönnen?» (2013 Werbung einer Kreditfirma; was es vor allem heisst: Handtaschen sind schweineteuer und viele kaufen sie sich oft auf Pump!)

---

[54] Wie dein Mathematiklehrer, der euch des Langen und Breiten, ihr wart 15 oder 16 Jahre alt, an der Wandtafel aufgezeichnet hat, dass er nach seiner Pensionierung sogar etwas mehr als 100% seines Lohnes erhalten werde von AHV, Pensionskasse, Säule 3a und irgendwelchen Altersversicherungen 3b. Das Einzige, was du wahrlich gelernt hast an diesem Tag, war die Einsicht, dass die meisten Menschen unglaublich geldi-geldi-geil sind, aber auch wie ängstlich, was das Geldi betrifft und die Sorge, einmal zu wenig zu haben für Operationen, Reisen, gutes Essen und ‹ein bisschen mehr›.
Ausserdem sind die Malediven eine Diktatur. Aber das ist ja wohl egal.

«Liebe ist ... ein unvorstellbarer Hauptgewinn» (Werbung 2013 für Swiss-Lotto) Aber dem Lottonormalverbraucher fällt sowas gar nicht weiter nagetief auf.

«Anti-Brav / Testen Sie jetzt den neuen Mini Pacman» (2013)

«Ich hab genug vom Winter!» (März 2013) Ja, so weit wird's noch kommen, dass sie die Jahreszeiten manipulieren, weil sie Natur[55] nur noch erleben (lieber: selb-erleben) als Freizeitpark, der sein muss, wie sie es wollen ... Schon jetzt jetten sie über Weihnachten mal kurz auf Zypern: «Ich brauch die Wärme!» Hah!: Eure Kindeskindeskinder werden das Öl für Medikamente brauchen und die Luft zum Atmen, dazu den Ozonschild, wenn nicht eh die Erderwärmung alles durcheinandergebracht hat und Leben auf der Erde nur noch für ganz andere Arten möglich sein wird als den Menschen ... Die Stehaufmännchen der Politik und Wirtschaft stehen auch bei solchen Hiobsbotschaften (wieso heisst das so? – wissen sie nicht) schnell wieder und sind sowieso voll im Futter: Für irgendwelche Pingus hat der Klimawandel ja sogar Vorteile: Siehste!

Also mit Vollgas in den Klimawandel. Ihr verdammten Fettabsauger, die Ihr keine Sekunde Eures Lebens den Gürtel enger schnellen wollt; speckt doch mal Euer Sparschwein ab!

Wollt Ihr Euch auf ewig abspeisen lassen, personifizierter Drang zum Absahnen?!

Aber: So schlimm ist das doch alles gar nicht: Es gibt immer wieder den frühsommerlich blitzblau überwölbten

---

[55] Natürlich: Was ist Natur? Die Tiere kennen so etwas nicht in Abgrenzung von Unnatur. Aber es ist ihr Lebensraum. Die Verhinderung von Leben, das Einschränken von Lebensraum (Gefängnis) ist das Ärgste, was man einer Kreatur antun kann (bis zum Tod).

BilderbuchHimmel, voll mit durchreisenden Quellwölk-
chen (Schlafwölkchen?) …

Und im Makrokosmos von Kriegslust, Milliarden-
löchern, Gift-Deponien, Serien-Einfamilienhäusern und
Autobahnen gibt es ja noch Erholungsinseln, Mini-
Oasen: Erholungsparks, Fussgängerzonen (auch die CH-
Berge: alle mit Hütten etc.) «den Traum vom Rosengar-
ten» (konnte sie umsetzen, wie schön) …

Natur nur insoweit noch interessant für die meisten,
als sie das Subjekt in seinen augenblicklichen Stimmun-
gen bestätigt.

Dabei haben sie von Vorurteilen verklebte Augen!

Die Unterwerfung unter eine imperialistische Sprach-
politik (*advertising;* den *Lead* übernehmen; *liken* etc.), die
die Leute gerade dort zum Objekt macht, wo sie glauben,
en vogue zu sein und sprachlich alles unter Kontrolle zu haben.

Wer Hölderlin liest, Kafka, Kleist, Büchner, erträgt die
Sprache solcher Funktionäre nicht ohne heftige körperli-
che Reaktionen.

Wir sitzen also ganz schön in der Scheisse.
Aber: «Gott ist nicht tot, er hat nur keinen Führerschein
gemacht und sitzt jetzt fest.» (WC-Spruch)
«Wem du's heute kannst besorgen, den vernasche nicht
erst morgen.» (dito)

Aber ehrlicher als die normalen Medien. Denn die Medien, unabhängig? Armin Walpen war erst Generalsekre-
tär des Eidgenössischen Justiz- und Polizeidepartements.
Danach wird er Generaldirektor des Schweizer Fernsehens.
Und beim Wetter: Bezahlt von XXX. Unabhängig? Macht

es Sie nicht nachdenklich, dass es der Staat anscheinend nicht schafft, die öffentlichen Medien genug zu unterstützen? In einem der doch reichsten Länder der Welt? Wohin fliesst eigentlich das Geld? Wohin?

Ein Auto ist da und da verunfallt. Wo ist der Wert dieser Zeitungsmeldung?

Und in Emmenbrücke stellt ein Occasionsdealer an die 100 Wagen auf die Wiesen. Immer. Nicht nur temporär. Ölauffang? Woher denn. Und daneben fliesst die Kleine Emme, danach gleich die Reuss.

Die Herren der Schröpfung.

Wollen der Zeit ihren Stempel aufdrücken. Und glauben auch noch, sie hätten's geschafft. Dabei ist der Postbeamte dem näher als alle. Im höheren Sinn ist es für die ganze Menschheit wahr, nicht für den einzelnen: Also wir vernichten die Welt, drücken ihr den Todesstempel auf.

Auf Aktionen (von Hamsterdam bis Instutzbull) stürzen etc. Wir sind völlig in einem System. «Können wir noch ausbrechen?», fragen die Panzerknacker. Selbst B/Pa/un/-ker sind Teil des Systems. Auch sie haben kein gutes Leben…

Sogar den atomaren Globozid betreibt der homo hohlozän. Wir haben nurmehr eine entfernte Ähnlichkeit mit dem unschädlicheren Teil der Tierheit: Sie wurde uns entfernt, diese ehemalige Ähnlichkeit, verdeckt, hinter der biederen Arbeitsmaske: «Aber von etwas muss man doch leben?!» Wir füttern die Apokalypse mit Arbeitsplätz-chen. (Und Kunst-Tussen beiderlei Geschlecks würden Atomgrämmchen sogar kaufen, würde man sie als Kunst in Betonfässchen verkaufen.)

Wer einmal mit einer Rauminstallation aus zwanzig plan verlegten grossen Zementplatten durchgekommen ist, der hat es als Künstler geschafft. (Aber das versteht Kunst als aus dem Alltag enthoben. ICH verstehe Bücher nie so. Auch andere Kunst sollte weniger so nur fürs Museum sein; obwohl ein Museum sie aufbewahren sollte, das schon.)

Aber zurück zur Arbeitswut

Und wollen die Grünen oder andere Denker mal was än-dern: Alle Negierungsgewalt geht vom Volke aus, wie die SVP gern sagt. Singen über den Schacher Seppeli: Höt beni e Vagant; aber wollen Zigeuner, Romas etc. draus-sen haben!

Sie sind aber aufmurksam, mein Herr.

Und es geht ja bereits weiter: PH Zürich streicht bereits 2010 zwei Wochen (pro Semester/Jahr?) wegen Geldman-gels: Was ist uns Bildung wert? Weniger als Banken, ganz offensichtlich: Sollten sie nicht schreiend erschrecken und dem Gesamtbundesrat rechts und links die Wangen ver-hauen? (Ich wäre ja für eine Bundesdachswahl.)

Warum ist bei Bankern immer 5 vor 12 (mittags)? – Sie warten stets aufs grosse Fressen. – – – Sie haben gelacht? Schön, können Sie darüber lachen. Lustig ist es nicht.

Sie warten auf den Beefträger, auf den HEILsbringer. FrEssthetik.

Die eine Lösung? Die meisten halten Spiritualismus für eine Richtung der Philosophie. Und sagen dann, sie philosophierten gerne. Die Deppen. Nicht mal wissend, wer Kant war. Aber die wenigsten kommen blöd zur Welt. Sie werden's dann nur. Aus Bequemlichkeit. Und Geldi-Geldi-Geldi-Gier. Bei der Wahl zwischen dem Kopf oder einer Zahl wählen sie immer die Zahl. Das zahlt sich.
Allegro barbarofuriosa
Entbarbarisierung wäre das Ziel. Aufklärung. Erziehung zur Mündigkeit. Es bedarf der Befreiung von den Tabus, unter deren Druck die Barbarei sich reproduziert. Mit Barbarei meine ich vor allem: wahnhaftes Vorurteil (Kirchen, Schulstoffe, Militär etc.), Unterdrückung, Völkermord und Folter – auch das Tolerieren solcher in anderen Staaten.
Militärische Vorschule: Siegi Sagi, Siegi Sagi, Heil Heil Heil!

Sowieso, Schule: Heranzüchtung des Kasten- und Hordendenkens. Was bin ich nicht ausgegrenzt worden, nur weil ich mich nicht schlagen mochte. Hatte aber im Judo den blauen Gürtel.

«Alle Länder haben eine Armee, entweder eine eigene oder eine fremde.» So ein Blödsinn. Alle Menschen haben Gedanken. Entweder eigene oder fremde.

Jaja, Militär: Es gibt hüben wie drüben mehr Militaristen als Pazifisten. Denn wir unterziehen uns freiwillig einer Kettenreaktion. Denn dass die Alibi-Begründung sticht, wir könnten nicht im Alleingang abrüsten, beweist doch nur: Wir wollen das. Sonst hätte das Wettabrüsten längst begonnen.

Doch es ist immer noch so, bis heute: Wir, die Pazifisten, müssen uns ausweisen und entschuldigen, erklären, nicht die Kampfbirnen. Dabei handeln doch andere im Interessen verschiedener Grossmächte, auch wenn diese Macht längst Geld heisst.

Wir, die wir ohne Tötungswaffen durchs Leben gehen wollen, sind die Andersartigen, die Minderheit, wir müssen eine Weltanschauung begründen und verteidigen, die doch per se mehr Sinn macht. Das Kämpfen und Töten aber gilt als das Normale, dafür hat die Menschheit Verständnis, steht dahinter, wenn's vom Staat kommt. Sogar die Frauen wollen Militärbirnen. Was musste ich mir anhören, weil ich nur einen Tag im Militär war … ohoho … «Ein Mann, der nicht im Militär war, ist kein richtiger Mann!»

Böse Menschen haben keine Lieder – nur Nationalhymnen!

Aber zum Schiessen:

Das Tier im Unrecht – kein Hahn kräht danach

Tieranwälte ‹vermenschlichten› die Tiere, heisst es. Dabei brauchen die Tiere doch grad einen Anwalt, weil sie sich vor Gericht eben nicht selbst verteidigen können. Ein Mensch kann das im äussersten Notfall immer noch selbst. Im von Menschen für Menschen geschaffenen Gericht. Aber Tiere eben nicht.

Bei dieser Logik, dass wer sich nicht verteidigen kann, auch keinen Verteidiger braucht, würde bedeuten, dass auch Kinder und Behinderte keine Anwälte zugesprochen bekommen können. PENG!

Und was wären die enormen Kosten für einen Tieranwalt pro Kopf und Jahr gewesen? Zehn bis 20 Rappen!

Aber lieber wieder einen Meter Autobahn mehr, nicht wahr, der mehr kostet in jeder Hinsicht. Schliesslich hat die Schweiz kein Meer, da müssen wir schon hinbrausen, um uns dort in Ruhe zu erholen …

Und wie ganz genau lehnten es die Schweizer ab, die Tieranwaltsinitiative? Mit über 70 Prozent! Ich lebe also mit mindestens 70 Prozent abstimmungsberechtigten Mitmenscherl, die Tieren bewusst gerne wehtun, ohne dass sie sich wehren können, vor den Menschen, in einem Gericht, das von Menschen für Menschen geschaffen ist. Aber auch bei den 30 restlichen Prozent haben wohl viele bloss aus schlechtem Gewissen so gestimmt. Und wer nicht abstimmen gegangen ist, den kümmert's nicht. Oder darf noch nicht. Denkt aber alsbald gleich. Wenn's um sein/ ihr Geldi-Geldi geht. Also sind es wohl eher 90 Prozent Schlächter, mit denen ich lebe. Schlächter aller Art.

Denn wer Tieren aktiv Gewalt antut, tut dies mit erhöhter Wahrscheinlichkeit auch Menschen an. Mit erhöhter Wahrscheinlichkeit. Quatsch. Totsicher. PENG!

Wie eines Tages wohl jene, die es gestört hat, dass ein Hund vom Nachbarshof die eigne Hündin gedeckt hat. Die Frau schnitt dem Nachbarshund während des Akts mit einer Schere die Hoden und das Glied ab. Der Hund verblutete, ehe er schmerzleidend zu Hause ankam. Busse für die Frau: 300 Franken. Aber wir brauchen keine Tieranwälte, neeeiiiiiiiin. Natürlich nicht. Nalohntüterli nicht.

Denn sowieso, was geht uns das alles an. Die Instanzen, die meist befragt werden, sehen darin kein Problem. Denn die Teleologen zum Beispiel haben herausgeklügelt, dass auch das Lamm nicht so unglücklich sei, wenn es geschlachtet, und der Esel, wenn er geschlagen würde, weil sie Geduld besässen. Ja. Ja. Glaubt man es denn?!

Bedenken die denn, will man sich ihrer schon anrüchigen Logik bedienen, bedenken sie denn wenigstens, dass Geduld weder ein Narkotikum noch ein schmerzstillendes Mittel ist?!

Am besten würde man alle Schlachthöfe aufkaufen und dann stilllegen. Aber dann würde wohl das Notstandsrecht ausgerufen und die Höfe wieder enteignet! Vom Staat! – Heil Fleisch!

Denn in einem Land, das eher an Hummernot als Hungersnot leidet, in der muss, wer eine Katze grausam tötet, eine Busse zahlen. Und wer kifft, muss auch eine Busse zahlen. Ist da nicht etwas falsch? Das Töten von Tieren ist also nur gleich schlimm wie das Kiffen?!

Aaahhh, all die Verlogenheit: Die eigenen Katzen füttern sie nochmals liebevoll und streicheln sie, bevor sie eingeschläfert werden müssen; die Schweine treiben sie mit einem Kick in den Hintern in den Todeslastwagen. – Und schlachten sie immer früher. Zeit ist Geld. Schweineleben ist Geld. Ja. Ja!

Dabei ist alles subventioniert. Damit Schweinefleisch statt sauteuer schweinebillig sein kann. Was denken Sie, würde das kosten, wenn die Bauern nicht für jedes Tier Geld bekämen?

Oder was es kosten würde, wären Wasser und andere Nahrungsmittel effektiv so bepreist, wie sie sein sollten, damit wir in der Ersten Welt nicht immer die Dritte Welt ausbeuten würden.[56] Denn ein saftiger Burger benötigt für die Produktion insgesamt 2400 Liter Wasser. Viel davon wird in anderen Ländern verbraucht. Etwa um den Nahrungsbrei für Schweine zu produzieren. Der besteht zu grossen Teilen aus Soja. Die meist aus Südamerika[57]

[56] Deutlich wird das ja bei den Kleidern: Wir denken, dass wir unbedingt T-Shirts für 9.90 Fr. haben müssen. Dafür arbeiten in Bangladesch Menschen zu völlig krassen Bedingungen. In Fabriken, die einstürzen. Und manchmal sogar nicht einmal freiwillig. Denn preiswerte Kleidung von guter Qualität, die auch noch sitzt – eine fast schon utopische Vorstellung. Dass die Kleidungsstücke Einzelteile und keine Massenproduktionen sind, diesen Anspruch hat hingegen so gut wie niemand (sechs Prozent). Auch das Herstellungsland der Ware interessiert nur jeden Zehnten. Ob es Fair-Trade-Kleidung ist, das wollen nicht einmal sechs Prozent wissen. (20 Minuten vom 31.10.2013)
[57] 2013 werden 80% der in Südamerika angepflanzten Soja für Tiernahrung verwendet. Im Gegensatz zur Soja, die Veganer in der Schweiz oft essen. Die stammt zu grossen Teilen aus der Schweiz oder Österreich.

stammt. Und das Grundfuttermittel zur Kalorienversorgung enthält Getreide wie Weizen, Mais und Gerste. Auch das ist fast immer importiert aus Südamerika.

Eieiei, da staunt der Laie. Der das eigentlich alles schon mal lesen konnte, in Zeitungen, Magazinen, Zeitschriften.

Aber Ei: Nicht das GELBE vom Ei. Oder doch. Doch.

Doch apropos Ei: Das ‹Kleine Frühstücksei›, mal so nebenher verschlungen, es dürfen ja, eiei, auch mal zwEI sEIn, ist ebenso ein grosser Wasserschlucker wie der saftige Burger: Insgesamt 135 Liter Wasser stecken zumindest virtuell unter der Schale.

Die, mitsamt erwünschter Füllung, versteht sich, von Hennen gelegt wird – das ist die weibliche ‹Form› der Hühner. Männliche Hühner ‹finden› (sic!) in der massenhaften Eierproduktion im Allgemeinen schon als winzige Küken den Tod, da die Legehennen-Industrie sie als ‹nutzlos› ansieht. Aber eigentlich schlüpfen natürlich etwa gleich viele Männchen wie *Weib*chen aus befruchteten Eiern der Zuchtlinie ‹Eier legender Hühner› (im Unterschied zu den Hühnern, die gefressen werden sollen). Es ist jedoch billiger, die als ‹Eintagsküken› (als wär's ihr Schicksal!) bezeichneten Tiere sofort zu töten, als sie an einen anderen Ort zu transportieren, aufzuziehen und zu Fleisch zu ‹verarbeiten›. Denn in der Massentierhaltung besteht kein Mangel an Geflügel für die Fleischindustrie.

Also wird in den Eierfabriken die Hälfte dieser kleinen Vögel umsonst geboren. Man ‹sortiert› sie nach dem Schlüpfen aus, tötet sie und wirft sie auf den Müll. Auf diese Weise sterben in der ‹Eierproduktion› – wer produ-

ziert da eigentlich? – jährlich Millionen von Hühnerkü-
ken. Allein in der Schweiz werden in den Betrieben im
Jahr ‹etwa› 2.6 Millionen geschlüpfte Vögel vergast. Ohne
dass der Zusammenhang mit Auschwitz auffallen würde.

Auschwitz-Exkurs

Oh, ein Auschwitz-Vergleich! Das darf man nicht mal
privat!, meinen viele. Doch nie erhebt sich grösseres Geschrei bei den Vielen, als wenn dieser Vergleich öffent-
lich geschieht, und es melden sich, den Unterschied auf-
zuzeigen, mit Vorliebe solche Leute zu Wort wie jene,
die damals genau auch den Unterschied zwischen Menschen und Untermenschen wussten.[58] Die ganze Nation
spreizt die Finger, um den Vergleich abzuwehren, und es
klingt wie ein in gigantische Banalität vergrössertes ‹Der-
wirklich-zuständige-Kollege-kommt-gleich› –: denn was
sie da vorbringen, vorstammeln, jeder der Vielen, die es
‹nicht so sehen wollen›, hatte schon vor Jahrzehnten nichts
mehr für sich ausser der Mehrheit.

Aber wie soll man es den Vielen klarmachen? Wie soll
man einem Staatswesen, das Jahrhunderte gebraucht hat,
bis es einsehen musste, dass auch Frauen denkende Wesen sind, die abstimmen können, wie soll man so einem
Staatswesen und seinen Weh-Weh-Wehe-Wesen klarmachen, dass es seiner Geschichte nicht entkommen ist … –
vielleicht mit dem Vergleichsfaktum, dass eine Strafver-
folgung auch der Tier- und Umweltsadisten wohl dem auf-
fällig gleichen Trägheitsgesetz unterliegt wie die Straftaten
gegen Menschen?

[58] Etwa so wie die meisten Muotathaler bis heute wissen: Sie selbst sind
‹Schweizer›, alle ausserhalb des Tals sind ‹Halbschweizer›. Ich hab zwei
Jahre da gewohnt und das sattsam mitbekommen …

Und wenn wir gerade hier sind: ‹Versuchs›-Tiere *sollen* ja sogar *wie* Menschen sein.[59] Nur so werden die immer noch angewandten Tierversuche grösstenteils begründet. (...) Und diese Tiere werden in den Laboratorien noch heute gequält und umgebracht. Vielleicht ist der Analogieschluss doch nicht zu weit gegriffen, dass dieselben ‹Versuchsleiter› auch Menschen wieder als Versuchsmaterial benutzen würden, könnten sie nur.

Auf jeden Fall ist – akzeptiert man erst einmal die Tatsache, dass auch Tiere Lebewesen sind, die leiden – die Massenhaltung vor allem der Hühner eine Wiederholung von Auschwitz. Da werden Tiere gehalten wie damals Menschen, werden manchmal sadistisch gequält wie damals,[60] werden teilweise vergast wie damals, werden getötet wie damals, werden verarbeitet wie teilweise damals. Wo denn ist der grosse Unterschied?

Unterscheiden, unterscheiden darf man allenfalls bei den Opfern. Zwischen geschundenen Mit-Menschen und geschundenen Mit-Tieren. Weil Menschen sich eine alternative Zukunft ausdenken können, die sie trösten mag.[61] Bei Hühnern gibt es da vermutlich keinen entsprechenden Trost. So oder so besteht bei den Tätern dieser Unterschied nicht... Denn die Täter sind dasselbe und dieselben nach Struktur und Potential... Man lese Adorno. Man lese Patterson.

---

[59] Weiter werden Frauen in Amerika gerne ‹chicks› genannt, hier öfter mal dumme ‹Hühner›: Sie werden also mit den Hennen zumindest sprachlich gleichgesetzt. Doch an der Sprache zeigt sich oft, wie bei den Vielen das Denken funktioniert.

[60] Man sehe sich mal den Film «Earthlings» an, wie da Schlächter bewusst und absichtlich sadistisch quälen, wo sie nicht einmal müssten...

[61] Oder alternative Welt-Rezeption: «La vita e bella» hat's vorgemacht. Aber die Schmerzen sind halt trotzdem da. Das können Tiere nicht gut anders wahrnehmen denn eben als Schmerz, der sie leiden macht.

Und auch hier, ei!, spricht sich – wie damals – kaum jemand für die Opfer aus, ergreift ihre Partei. Wo es um Tiere geht, wird fast jeder in der Nazion zum Mittäter, wird fast jeder zum Nazi ... Für die Tiere ist jeder Tag Treblinka.[62] Das Gas fliesst und rauscht.

Peng!

Bumm

Knall

Weg

AusBummPeng!

Ende

[62] Hat da jemand vom HoloCOWst gesprochen?! :-(

Aus

Notiz

Dieses Fragment (es ist auch in sich, bis zum Abbruch, durchaus nicht geschlossen) erscheint zum 25. Jubiläum des Beginns meiner schriftstellerischen Tätigkeiten. 1995 publizierte ich erstmals mit einem leichten Hauch von literarischem Anspruch: eine Teilübersetzung von Arno Schmidts «Abend mit Goldrand» in die Luzerner Mundart (erneut erschienen 2010 bei edition taberna kritika) plus einige Artikel in der Zeitung zum Abschluss des Lehrerinnen- und Lehrerseminars («Omphalos»). Die ganze Haltung im Text ist stark jene der Jahre 1990 bis 1995, in denen ich mir viel mehr als später noch über so vieles sicher war. Die Sicherheit ist mit den Jahren verschwunden. Trotzdem habe ich den Text immer wieder mal fortgeschrieben; ab und zu vorgelesen; und selten auch schon mal etwas an abgelegenen Orten veröffentlicht. Die eigentliche Datei wäre gut drei Mal umfangreicher, es franst aber noch mehr aus und mag irgendwann entweder verbrannt oder gelöscht werden, im Nachlass landen (oder ein möglichst vollständig ausgearbeitetes Buch werden).

Dies hier aber widme ich all den leeren Versprechungen. Gerne wäre ich zum Beispiel zwei Mal Götti (Taufpate) geworden; doch …

DR

Meine Anklage/Verteidigung

Dominik Riedo, als nestbeschmutzter Schweizer 1974 geboren. Und also bequem in der Ersten Welt. Ich bin in meinem Leben sieben Mal mit dem (Düsen-)Flugzeug geflogen; habe nie ein Auto besessen; ein Motorrad von 2002-2014; bin Vegetarier seit 2009; trinke keine Milch mehr und esse keine Eier; habe nie jemanden getötet; habe nie eine Aktie besessen oder Optionen oder dergleichen (meine Pensionskasse habe ich deswegen aufgelöst); habe keine Kinder gezeugt; sechzehn Katzen aus dem Tierheim geholt, die Senioren waren und die niemand mehr wollte; machte im Militär nicht mit; bin mit 16 – und weil ich wieder eintreten musste – nochmals mit 21 aus der Kirche ausgetreten – und das eben auch nur so spät, weil ich das Lehrerseminar abschliessen wollte mit der Möglichkeit, alle Fächer unterrichten zu können (auch ‹Bibelkunde›); war ab 2003 Schriftsteller, seit 2007 ausschliesslich – und also nicht mehr Teil der Ich-verdiene-viel-Geld-Gesellschaft-und-mache-damit-die-Erde-kaputt; ich trage Kleider jahrzehntelang, benutze Geräte jahrzehntelang (ausser sie sind durch die geplante Obsoleszenz viel früher nicht mehr zu reparieren), vermeide generell Produkte, die kritisch sind... Dafür ist dies mein bislang 28. Buch – und das verbraucht Bäume, bei denen es vielleicht klüger wäre, sie stünden noch in der Welt, eher als meine Bücher. Für mehr Informationen siehe unter anderem www.dominikriedo.ch.